A melodia das coisas

RAINER MARIA RILKE

A melodia das coisas

contos • ensaios • cartas

Organização e tradução
Claudia Cavalcanti

3ª edição

Títulos originais: *Ewald Tragy* (1898), *Wladimir, der Wolkenmaler* (1899), *Die Turnstunde* (1899), *Die Letzten* (1901), *Zur Melodie der Dinge* (1898), *Über Kunst* (1898), *Kunstwerke* (1903), *Buddenbrooks, Thomas Mann* (1902)
© Editora Estação Liberdade, 2011, para esta tradução.

Preparação e revisão	Antonio Carlos Soares, Claudia Beil e Suzana Lages
Equipe editorial	Luciana Araujo e Fábio Bonillo
Composição	B. D. Miranda
Capa	Paul Cézanne, Casa e árvore, 1874. Francis G. Mayer/ CORBIS/ Corbis (DC)/ Latinstock
Editores	Angel Bojadsen e Edilberto F. Verza

CIP-BRASIL – CATALOGAÇÃO NA FONTE
Sindicato Nacional dos Editores de Livros, RJ

R43m
Rilke, Rainer Maria, 1875-1926
A melodia das coisas: contos, ensaios, cartas / Rainer Maria Rilke; organização e tradução Claudia Cavalcanti. – São Paulo: Estação Liberdade, 2011
232 p. : 21 cm

Inclui bibliografia
ISBN 978-85-7448-200-2

1. Rilke, Rainer Maria, 1875-1926 – Coletânea. 2. Ensaios alemães. I. Cavalcanti, Claudia, 1963-. II. Título

11-5634. CDD: 833
 CDU: 821.112.2-3

EDITORA ESTAÇÃO LIBERDADE LTDA.
Rua Dona Elisa, 116 | Barra Funda
01155-030 | São Paulo-SP | Tel.: (11) 3660 3180
www.estacaoliberdade.com.br

SUMÁRIO

Rilke: anos de juventude e séculos de paciência   9

Nota à edição   17

"Os últimos" e outros contos   19
   Ewald Tragy   21
   Wladimir, o pintor de nuvens   63
   Aula de ginástica   67
   Os últimos   73
     Uma conversa   75
     O amante   83
     Os últimos   93

"A melodia das coisas" e outros ensaios   121
   A melodia das coisas   123
   Sobre arte   133
   Obras de arte   139

Cartas ao jovem poeta Kappus e outras cartas   141

Anexos   221
   Os Buddenbrooks, por Rilke   223
   Prefácio às *Cartas ao jovem poeta*   227

Rilke: anos de juventude
e séculos de paciência

Em mim, tenho medo somente daquelas
contradições com tendência à conciliação.
Rilke, 3/11/1899

Quando fez a citação acima, aos 24 anos, portanto ainda jovem, mas não necessariamente imaturo, Rainer Maria Rilke já enfrentara obstáculos na vida — e passaria por vários outros, até morrer em 1926, consagrado como um dos maiores poetas de língua alemã do século XX. Nessa época em que praticamente já vivera metade de sua vida, talvez a pior metade, o recém-adulto permitia-se centelhas de rebeldia expressas na carta citada acima. Muito certamente, não ratificaria tal afirmativa passados mais 24 anos, já quase perto da morte.

Rilke nasceu em Praga, em 1875. Seu pai tinha sido militar, era funcionário da ferrovia local, e a mãe tinha uma personalidade complexa, excêntrica, a ponto de vestir como menina o filho René, mais tarde Rainer, em seus primeiros anos de vida. A família falava alemão numa época de esplendor e contradições em Praga. A dinastia austro-húngara, as vivências tcheca e alemã, e os anos que o poeta viveu na França e na Suíça, suas longas passagens pela Rússia, Dinamarca e Egito fizeram com que se considerasse um apátrida, alguém "a quem a falta de pátria e de lar tanto importunam", como escreveu em janeiro de 1920.

Os primeiros anos de vida, como não poderia deixar de ser, foram decisivos para sua formação literária. Depois da separação dos pais em 1885, o menino, com então dez anos, é enviado para a Escola

Militar de St. Pölten, e quatro anos depois vai para a de Mährisch--Weisskirchen, onde só cursou um ano. Foi um período de infortúnios, mas em sua maturidade Rilke reconheceu ter sido de grande importância em sua vida. De volta a Praga, prepara-se para os estudos superiores com uma bolsa assegurada pelo tio Jaroslav. As inclinações para a literatura, no entanto, já são evidentes.

Nestes e nos anos seguintes, o jovem, ainda René, envia às redações de jornais, revistas e editoras textos em todos os gêneros literários: poesia, teatro, prosa, crítica. Horst Nalewski, um dos melhores biógrafos de Rilke, constata que o poeta, entre 1894 e 1903 — quando publicou a monografia sobre Rodin e terminou o *Livro das horas* e, logo em seguida, começou a ocupar-se do romance *Cadernos de Malte Laurids Brigge*, só concluído em 1910—, produziu mais do que nos 23 anos posteriores. O período também evidencia a juventude ávida de autoafirmação e pouco discernimento crítico. Em 1891, Rilke publica seu primeiro poema numa revista e, em 1894, o livro *Vida e canções*. Em seguida, começa os estudos superiores; no segundo semestre de 1895, decide seguir a carreira em direito (melhor dizendo, decidem por ele...).

No ano seguinte, aos 21 anos, Rilke muda-se para Munique, prossegue os estudos e conhece personalidades ligadas à literatura, como Wilhelm von Scholz, Jakob Wassermann, Stefan George e Lou Andreas--Salomé, com quem manterá uma duradoura relação de discípulo, amigo e amante. De Munique, muda-se para Berlim em 1897, já com vários livros publicados (peças, contos, poesia). Como era de se esperar, mais tarde Rilke renegou suas incursões juvenis pela literatura, como se lê numa carta a Reinhold Walter em 1907: "É indiferente o que se escreve quando se é muito jovem (...). Mais tarde, muitas vezes notei o quanto a arte é uma coisa da consciência. Nada é tão necessário no trabalho artístico quanto a consciência; ela é o único critério".

Em 1898, Rilke passa dois meses na Toscana, e depois conhece Worpswede, um lugarejo perto de Bremen onde irá morar por dois anos, depois de voltar da primeira viagem à Rússia na companhia de Lou e do marido dela.

A breve nota biográfica esboçada demarca aqui um período de vida e obra rilkeanas relativamente desconhecidas no Brasil, mas de fundamental importância para a compreensão da sólida evolução de sua obra poética.

Curiosamente, mas não sem razão, a poesia foi excluída nos textos selecionados para o presente livro — mais conhecida no Brasil, por meio de traduções primorosas como as de Augusto de Campos — para dar lugar à prosa, mais especificamente aos contos, ensaios e cartas.

Nos contos, o leitor logo reconhecerá o jovem René de Praga, e não só ele como toda a atmosfera da cidade, com as características da grande e pequena burguesia daquela época, principalmente presentes nos três que integram "Os últimos". Eles e outros contos da mesma época atestam seu pendor pela cidade natal e por seu país (embora sendo ele "apátrida"), onde sentia o quanto lhe era próximo o mundo eslavo (e seu interesse pela Rússia, nesta mesma época, também é testemunho disso). Em "Wladimir, o pintor de nuvens", o leitor deparará com a "marginalidade" local, representada — aos olhos contemporâneos — pelo modesto e singelo artista. Mas é em "Ewald Tragy" e "Aula de ginástica" que se percebe o seu autor nitidamente inserido na narrativa. Não por falta de qualidade literária, mas pelo caráter autobiográfico, "Ewald Tragy" permaneceu inédito até a morte de Rilke.

"Somente poeta? Isso é simplesmente ridículo", diz Ewald de si mesmo e da profissão que deseja seguir. Ewald é um rapaz de Praga, financeira e emocionalmente dependente do pai e prestes a se mudar para Munique, onde pretende se dedicar à poesia e fugir da pequenez local e familiar a que estava submetido, incapaz de compreender seus anseios. Na nova cidade, conhece o senhor Von Kranz, inspirado em Wilhelm von Scholz e espécie de alter ego do autor. A prestação de contas com a mãe, que abandonara a família, também é um ponto alto do conto.

"Aula de ginástica" descreve, de modo contundente, a morte do aluno Karl Gruber durante os rigorosos exercícios da Escola Militar de St-Séverin. Originalmente pensado para ser um "romance militar", plano ainda acalentado em 1904, este conto, mesmo em sua forma curta, é um precioso documento do vigor literário do jovem autor, uma peça surpreendentemente densa e desprovida de qualquer sentimentalismo. Mas não apenas Rilke retratou os danos causados pela escola às personalidades sensíveis. Pouco tempo depois, Thomas Mann o fez em *Buddenbrooks* (1901), com o frágil Hanno, e Robert Musil, em 1906, com *O jovem Törless*, dentre outros autores. Em algumas cartas, Rilke declara que "Aula de ginástica" é um de seus contos preferidos e, apesar dos evidentes traços autobiográficos, foi o escolhido para fazer parte das obras reunidas, organizadas por ele, mas só publicadas um ano após sua morte.

Estávamos em Worpswede? Então voltemos para lá: uma paisagem plana e vasta, que talvez lembrasse a Rússia, de onde Rilke acabara de voltar, rompido com Lou. Para ele, portanto, a cidadezinha parecia o local ideal de autoexílio, e assim lá se instalou, por sugestão do pintor Heinrich Vogeler. Outro pintor, Fritz Mackensen, havia descoberto Worpswede anos antes, e aos poucos o lugar começou a abrigar outros artistas, dentre eles Clara Westhoff, a discípula de Rodin. O jovem poeta passara a se interessar por artes plásticas, especialmente pintura, a partir de sua estada em Florença, em 1898, quando começou a escrever sobre o assunto em cartas, monografias (*Worspwede* e *Rodin*) e ensaios. Três desses ensaios foram selecionados para este volume; são, como que esboços, frutos de reflexões de Rilke sobre o tema, seja de forma indireta, como em "A melodia das coisas", ou direta, como em "Sobre arte" e "Obras de arte".

Depois de breve retorno a Berlim, Rilke vê-se novamente em Worpswede, e em abril de 1901 casa-se com Clara, que em dezembro dá à luz Ruth. Um duro golpe, contudo, vem atrapalhar os planos da jovem família: os parentes do tio Jaroslav, morto anos antes, comunicam-lhe a suspensão da bolsa (pois Rilke não estudava mais), e assim fica seriamente ameaçado o sustento dos três. O poeta começa a escrever resenhas literárias para jornais. É precisamente a essa lavra que pertence seu texto sobre o primeiro romance de Thomas Mann, o aqui já citado *Buddenbrooks*. A atividade não parece ser das mais agradáveis para o poeta, a julgar pelo que diz a Otto Modersohn (outro pintor de Worpswede): "... então escrevo cofiando a barba, mantendo sempre a mão esquerda diante da boca: fica mais jornalístico", escreve em junho de 1902. Ironias à parte, o leitor constatará nos anexos deste livro como o praticamente primeiro resenhista de Thomas Mann, que ele nunca conheceu pessoalmente, soube avaliar de maneira tão adequada e com tanta segurança, numa simples coluna de jornal, o essencial de um romance tão extenso (àquela época, publicado em dois volumes) e fundamental na história da literatura alemã. "Será absolutamente necessário anotar esse nome", assim inicia Rilke a sua crítica, mais de 20 anos antes de Thomas Mann ganhar o prêmio Nobel, precisamente pela excelência de seu primeiro romance, como julgou a academia sueca.

Outra solução para a crise familiar, só que bem mais radical, foi a separação amigável do casal. A pequena Ruth fica na Alemanha e os dois partem separadamente, embora encontrando-se quando possível ou trocando cartas. Em 28 de agosto, Rilke está em Paris e poucos dias depois já encontra Rodin, sobre quem escreveu um livro e de quem, a partir de 1905, seria secretário. Clara também vai a Paris para continuar os estudos com Rodin, viaja pelos importantes centros de arte da Europa, estando estabelecida com a filha em Bremen, onde morre em 1954.

Rodin logo se tornou objeto de veneração de Rilke, como ele afirma no final da carta de 5 de abril de 1903 a Franz Xaver Kappus, e como é possível constatar na carta a Lou Salomé de 8 de agosto do mesmo ano, quando disserta sobre o artista.

Por sua vez, as cartas são fundamentais para a compreensão biográfica e criadora de Rainer Maria Rilke, razão pela qual a sua maior parte é componente indissociável de seus escritos. Foram sete mil cartas publicadas, mas as enviadas a dois destinatários específicos são de extrema importância nessa fase de Rilke e oferecem um testemunho, pela via epistolar, do processo de maturidade do poeta iniciado com os contos e os ensaios.

Já conhecidas no Brasil por meio de várias traduções, inclusive de Paulo Rónai, as cartas que escreveu a Franz Kappus, o "jovem poeta", ganham aqui nova vida por virem acompanhadas de outras cartas e, principalmente, por se inserirem no contexto de vida e obra de Rilke que este livro pretende apresentar ao leitor brasileiro. São fundamentais aqui porque, com as cartas a Kappus, pode-se constatar a grande semelhança das trajetórias de remetente e destinatário: a escola militar e, em oposição a isso, o desejo de ser poeta — e os conselhos do Rilke já amadurecido, renegando o que ele mesmo já havia feito. Pede-lhe Rilke para não dar valor à crítica, muito menos encher as redações de poemas; para ir com calma e não tomar decisões precipitadas. Rilke fala da solidão, fator positivo para que se possa escrever, e da necessária dedicação à essência das coisas mais simples, num sentido quase religioso, de criação da palavra por Deus. No anexo desta edição, o leitor encontrará o prefácio de Kappus à edição de 1929, quando explica, na última frase, por que afinal não se fez poeta.

As cartas destinadas a Clara Rilke falam da admiração do poeta por Paul Cézanne. Quase diariamente ele ia observar 49 quadros e sete aquarelas do pintor no Salão de Outono de 1907, em Paris. *Cartas sobre Cézanne*, como são chamadas as epístolas dessa época a Clara Rilke, mais especificamente entre 6 e 19 de outubro de 1907, formam uma obra por si só, e aqui, ao lado de outros textos e cartas, iluminam ainda mais o caminho percorrido pelo leitor, pois são um testemunho excepcional sobre a obra do pintor, em duas de suas vias: a biográfica, ao evidenciar o respeito mútuo de um casal que preferiu rumos diferentes à anulação pessoal, em prol do desenvolvimento artístico; evidenciam também Clara como correspondente fundamental, embora às vezes apenas leitora e não interlocutora, já que as cartas sobre Cézanne têm um caráter basicamente monológico, dissertativo, como de resto muitas cartas de Rilke, que, aliás, parecem ter o estilo de um "diário".

Outra via de leitura das cartas é aquela da ideia de criação para Cézanne: humildade, abnegação, solidão e muito trabalho. "Trabalhar todos os dias", na fórmula de Baudelaire seguida pelo pintor e também por Rilke. Cada vez mais empenhado em basear sua filosofia de trabalho (ou teoria poética) em artistas plásticos como Rodin e Cézanne, Rilke aos poucos segue esse lema de necessária introspecção no trabalho poético, a fim de transpor para seus versos, não "sentimentos", mas "experiências" (em famoso trecho dos *Cadernos de Malte,* lê-se: "Versos não são sentimentos... — são experiências"). No período de sua maturidade, Rilke não mais escreve em profusão, pois conclui que a esterilidade criadora é um atalho, com saída, para se alcançar a perfeição. Em 1903, na citada carta a Lou, ele talvez já soubesse disso, ao afirmar: "Tenho séculos de paciência em mim".

C. C., São Paulo, 2002

Nota à edição

Os textos selecionados para este livro podem ser encontrados em diversas publicações alemãs, mas foram traduzidos basicamente a partir de:

RILKE, Rainer Maria. *Sämtliche Werke,* Vol. 4, Publ. Arquivo Rilke. Frankfurt s/Meno: Insel, 1961.

_____. *Rilke Briefe,* Vol. 1, Arquivo Rilke, Weimar. Frankfurt s/Meno: Insel, 1992.

_____. *Von Kunst-Dingen — Kritische Schriften.* Dichterische Bekenntnisse. Horst Nalewski (org.) Leipzig/Weimar: Gustav Kiepenheuer, 1981.

http://www.rilke.de/

Outras publicações foram consultadas, na literatura primária, por conterem notas e textos elucidativos ou, no caso de traduções, a título de consulta. São elas:

RILKE, Rainer Maria. *Wladimir der Wolkenmaler und andere Erzählungen.* Skizzen und Betrachtungen aus den Jahren 1893-1904, Insel Taschenbuch 68. Frankfurt s/ o Meno: Insel, 1984.

_____. *Œuvres 3 — Correspondance.* Paris: Seuil, 1976.

_____. *Lettres à un jeune poète.* Nova versão francesa de Gustave Roud. Lausanne: Mermod, 1947.

_____. *Teoría poética.* Prólogo, seleção de textos e tradução de Federico Bermúdez-Canete. Madri, 1987.

RILKE, Rainer Maria. *Histórias do bom Deus e outros textos.* Gabriela Duarte (trad.). Lisboa: Livros do Brasil, 1989.

_____. *Cartas a um jovem poeta.* Paulo Rónai (trad.). São Paulo: Globo, 2001.

NALEWSKI, Horst. *Rilke. Leben, Werk und Zeit in Texten und Bildern.* Frankfurt s/ o Meno e Leipzig: Insel, 1992.

"Os últimos" e outros contos

Ewald Tragy
(1898)

I

Ewald Tragy caminha ao lado de seu pai ao longo do Graben.[1] É domingo, meio-dia, hora de passear. As roupas denunciam a estação do ano: cerca do início de setembro, verão tardio, penoso. Alguns modelos não estavam sendo usados pela primeira vez. Por exemplo, o vestido com o verde da moda da senhora Von Ronay, e também o da senhora Wanka, de *foulard* azul; se for um pouquinho retocado e reformado, pensa o jovem Tragy, ela ainda o terá por mais um ano. Uma moça passa e sorri. Ela veste um crepe da China rosa-claro — mas luvas limpas. Os senhores que a seguem nadam através de pura benzina. E Tragy os despreza. Ele despreza todas essas pessoas, aliás. Mas cumprimenta educadamente, com uma cortesia um tanto antiquada.

Só o faz, porém, quando seu pai agradece ou cumprimenta. Ele não tem conhecidos seus. Mas frequentemente precisa tirar o chapéu, pois seu pai é distinto, respeitado, uma assim chamada personalidade. Tem um porte muito aristocrático, e jovens oficiais e funcionários ficam quase orgulhosos de poder cumprimentá-lo. O velho senhor diz, saindo de uma longa mudez: "Sim", e agradece generosamente. Esse audível "sim" ajudou a propagar o engano de que o senhor Inspetor, no meio da confusão do passeio dominical, teria conversas profundas com seu filho e que haveria uma rara harmonia entre os dois. Mas as conversas são assim:

---

1. Denominação alemã de rua de Praga por onde costumava passear o pai de Rilke.

— Sim — diz o senhor Tragy, e com isso como que recompensa a pergunta ideal que se manifesta numa saudação atenciosa, que é mais ou menos: "Não sou uma pessoa gentil?".
— Sim — diz o senhor Inspetor, e isso quase significa uma absolvição.

Às vezes Tragy, o filho, realmente toma esse "sim" ao pé da letra e rapidamente emenda a pergunta:

— Quem era, papai? — E lá está o pobre "sim" com a pergunta atrás, como uma locomotiva com quatro vagões nos trilhos errados, que não consegue avançar nem retroceder.

O senhor Von Tragy procura à sua volta a última saudação, pois não tem ideia de quem poderia ter sido. Reflete ainda durante três passos, e então diz num desamparo de dar pena: — Siiiim?

Ocasionalmente acrescenta:
— Seu chapéu está realmente bem empoeirado.
— Sei — diz o jovem, com devoção.

E assim os dois ficam tristes por um instante.

Dez passos depois a ideia do chapéu empoeirado cresceu enormemente nos pensamentos do pai e do filho.

"Todas as pessoas olham, é um escândalo", pensa o mais velho, e o jovem se esforça para lembrar a aparência do maldito chapéu e onde deve estar a poeira. Na aba, imagina, e pensa: "Nunca se consegue limpá-lo. Deveriam inventar uma escova...".

E então ele vê diante de si, fisicamente, o seu chapéu. Está chocado: o senhor Von Tragy simplesmente tirou-lhe o chapéu da cabeça e o espana, atento, com os dedos cobertos por luvas vermelhas. Por um momento Ewald observa com a cabeça descoberta. Então, com um gesto indignado, ele arranca a coisa infame das mãos cuidadosas do velho senhor e enfia na cabeça o objeto de feltro de modo grosseiro e impetuoso. Como se seus cabelos estivessem em chamas.

— Mas papai — e quer dizer ainda: — Acabei de fazer dezoito anos, e você me tira o chapéu da cabeça, no domingo, ao meio-dia, diante de todo mundo! — Mas ele não diz palavra e se reprime. Está humilhado, pequeno, como se dentro de roupas desbotadas.

E o senhor Inspetor de repente atravessa para o outro lado da calçada, teso e solene. Não conhece o filho. E todo o domingo flui entre eles. Só que não existe na multidão quem não saiba que os dois são parentes, e todos lamentam o incidente pouco delicado e brutal que os distanciou de tal forma. Todos se esquivam solidários e compreensivos e só ficam satisfeitos quando veem novamente pai e filho lado a lado. Constatam ocasionalmente uma certa semelhança crescente no porte e nos gestos dos dois, e ficam felizes por isso. Tempos atrás o jovem estivera fora de casa, dizem que no colégio militar. De lá voltou um dia — quem sabe por quê — muito alheio a tudo.

Mas agora:

— Por favor, veja — diz um bom e velho senhor, que justamente ganhara do Inspetor um "sim". — Ele já posiciona a cabeça um pouco para a esquerda, como o pai — e o velho Von Tragy fica radiante de satisfação diante de tal descoberta.

Senhoras idosas também se interessam pelo jovem. Ao passar, lançam-lhe um olhar largo, examinam-no; julgam: seu pai foi um belo homem. Ainda é. Ewald não será, não. Sabe Deus com quem se parece. Talvez com sua mãe (aliás, onde estará ela?). Mas tem um belo corpo, e se ele se tornasse um bom dançarino... e a senhora de idade diz à filha de rosa:

— Elly, respondeu gentilmente ao cumprimento do senhor Tragy?

Mas na verdade tudo isso não é necessário — a alegria do velho senhor e o sábio cuidado da mãe de Elly. Pois quando os homens saem do passeio e entram na vazia e estreita Herrengasse, o jovem respira aliviado:

— O último domingo.

E respirou bastante alto. Apesar disso, o velho senhor não pretende responder. "Essa mudez", pensa Ewald. É como uma cela para loucos, afastada e inexoravelmente isolada por todos os lados.

E assim vão eles até o Teatro Alemão. E Tragy, o filho, repete pacientemente:

— O último domingo.

— Sim — retruca o Inspetor brevemente —, se aconselhar não ajuda...
Pausa. Então acrescenta:
— Voe com as próprias asas e queime-as, e verá o que significa ser independente. Bem, faça suas experiências. Não tenho nada contra.
— Mas, papai — diz o jovem com certa veemência —, acho que já falamos o suficiente sobre tudo isso.
— Mas continuo sem saber o que você realmente quer. Não se vai embora assim, à toa. Diga-me só, o que você fará em Munique?
— Trabalhar — Ewald tinha a resposta pronta.
— Seeei, como se aqui você não pudesse trabalhar!
— Aqui... — e o jovem sorri, com ar superior.
O senhor Von Tragy permanece muito calmo:
— O que lhe falta aqui? Você tem seu quarto, sua comida, todos gostam de você. E afinal de contas somos conhecidos aqui, e se tratar as pessoas corretamente as primeiras portas lhe serão abertas.
— Sempre as pessoas, as pessoas — prossegue o filho no mesmo tom de troça —, como se isso fosse tudo. Para os diabos com as pessoas — nesse palavreado orgulhoso ele se lembra da história do chapéu e sente que está mentindo, por isso enfatiza mais uma vez:
— Que gostem de mim, as pessoas. O que elas são, hein? Seres humanos, quem sabe?
Agora é a vez do velho senhor sorrir, de forma bem particular; seu delicado rosto sorri em alguma parte, não se sabe se em torno dos lábios, sob o bigode branco, ou nos olhos.
E tudo passa rapidamente. Mas o rapaz de dezoito anos não consegue esquecer; ele se envergonha e coloca grandes palavras diante de sua vergonha.
— Na verdade — diz ele finalmente, e desenha no ar uma impaciente espiral com a mão —, você parece conhecer apenas duas coisas: as pessoas e o dinheiro. Em torno deles gira tudo para você. Prostrar-se diante das pessoas, este é o caminho. Rastejar-se até o dinheiro, este é o objetivo. Não é assim?

— Você ainda precisará das duas coisas, meu filho — diz o velho senhor com paciência —, e não precisaremos rastejar até o dinheiro se o tivermos sempre.
— E mesmo quando não o tivermos, então... — o jovem Tragy hesita um pouco.
— Então? — pergunta o pai, e espera.
— Ah! — faz o outro despreocupadamente, com um gesto sutil. Parece-lhe bom começar uma nova frase.
Mas o velho senhor insiste de forma pouco delicada:
— Então vira-se um vagabundo maltrapilho de causar vergonha ao nosso bom e honesto nome.
— Ah! Vocês têm cada ideia — diz o rapaz, por demais indignado.
— Não somos mesmo de hoje — diz o velho senhor —, e basta.
— Justamente isso — triunfa Tragy, o filho —, são de não sei quando, vocês são do tempo do onça, empoeirados, secos, sei lá...
— Não grite — ordena o Inspetor, e nota-se nele o velho oficial.
— Eu devo ter o direito de...
— Calado!
— Eu posso falar...
— Então fale — dispara com desprezo o senhor Von Tragy. Como um tapa na cara é esse breve "Então fale!". E então o pai Tragy, teso e solene, atravessa para o outro lado da rua. Como a rua está vazia, os dois não se juntam logo, e é como se a quente e ensolarada pista ficasse cada vez mais larga entre eles. Eles já não se parecem mais. O velho senhor torna-se mais irrepreensível no andar e na postura, e suas botas irradiam luzes brilhantes. O do outro lado também muda. Tudo nele se encrespa e se eriça como um papel em chamas. Seu terno de repente tem vários vincos, sua gravata incha, e a aba do chapéu parece crescer. Ele pegou o sobretudo curto, último modelo, como uma capa de chuva e usa-o contra toda espécie de tempestade. Seus passos lutam. Ele parece uma velha imagem litografada com a legenda: "1848" ou "O revolucionário".

De tempos em tempos, porém, olha para o outro lado. Para ele é um tanto inquietante ver o velho homem completamente abandonado na calçada infinitamente deserta. "Como ele está sozinho!", pensa, "E se lhe acontecer alguma coisa...".

Seus olhos não se afastam mais do pai, acompanham-no e quase se ferem com o esforço.

Finalmente os dois estão diante da mesma casa. Quando entram no vestíbulo, Ewald pede:

— Papai! — O jovem fica confuso por um instante e então se precipita: — Você precisa levantar o colarinho, papai. Agora fica sempre tão frio no vão da escada!

Sua voz é tímida e no final permanece o tom interrogativo, embora não seja uma pergunta.

E o pai também não responde, ordena:

— Arrume sua gravata.

— Sim — concorda Ewald pedante, e ajeita a gravata. Então eles sobem, compassados, assim como deve ser, do ponto de vista higiênico.

No patamar da escada à direita mora a senhora Von Wallbach, a tia Caroline, e na casa dela a família faz a refeição aos domingos, a uma e meia da tarde.

Os senhores Tragy, pai e filho, são pontuais. Apesar disso todos já estão lá. A palavra "pontual" aceita um superlativo, como se sabe.

Ewald hesita um instante na entrada, diante do espelho. Ele veste o rosto "o último domingo" e entra atrás do pai no salão amarelo.

— Ah!...

As pessoas não têm medidas para sua admiração, cada qual mais admirado do que o outro. A entrada dos dois Tragy torna-se, facilmente, um acontecimento. Deve-se justamente saber enriquecer a vida — de algum modo. Grandes saudações. A prática de um tipógrafo está em pegar dos variados colos a mão correta e largá--la sem erros de impressão. Hoje Ewald consegue coisas magníficas com o rosto "o último domingo". Enquanto o velho senhor mal chegara perto de sua irmã Johanna, o rapaz já dominava três tias, quatro primas, o pequeno Egon e "a senhorita", sem que se notasse nele o menor cansaço.

Finalmente o senhor Von Tragy, pai, chegou ao seu objetivo, e agora estão sentados um em frente ao outro, à espera do almoço. As quatro primas acham, no entanto, que se deve falar. Aqui e ali elas tentam fixar-se a algum objeto — por exemplo, ao barômetro, às azaleias que estão na janela, a uma palavra, à placa comemorativa gravada em cobre acima do sofá. Mas todos esses objetos são incrivelmente lisos, e as palavras caem deles como sanguessugas fartos. Instala-se o silêncio. Pousa sobre todos como longos, longos fios de um novelo de linha descolorida. E a mais velha da família, a viúva do major, Eleonore Richter, move seus dedos endurecidos suavemente no colo, como se enrolasse cuidadosamente num novelo o seu infinito tédio. Vê-se que ela ainda provém daquele tempo primoroso em que as mulheres não podiam estar ociosas. Mas também a geração que a viúva do major chama de "jovem" nesse momento não se apresenta indolente. As quatro senhoritas dizem quase ao mesmo tempo:

— Lora?

Por trás dessa harmonia todos sorriem como se contemplados com um presente. E tia Caroline, a dona da casa, abre a discussão:

— Como faz o cão?

— Au, au — latem as quatro senhoritas.

E o pequeno Egon vem rastejando de um canto qualquer e participa ativamente da conversa.

Mas a dona da casa acredita ter esgotado o tema e propõe:

— E o gato?

E agora todos em geral estão ocupados em miar, cacarejar, rugir e urrar, dependendo da aptidão e inclinação de cada um. É difícil dizer quem comprovou maior talento, pois sobre esse turbilhão de sons que rolam e deslizam permanece somente o órgão cacarejante da viúva do major, que rejuvenesce bastante no processo.

— A tia está cacarejando — diz alguém respeitosamente.
Mas não permanecem nisso por muito tempo. Estão tomados por uma abundância de possibilidades, fazem tentativas cada vez mais ousadas, dão cada vez mais de si próprios nas estranhamente estilizadas onomatopeias. E é tocante mencionar que com toda individualização ainda restou nas vozes uma delicada semelhança familiar, a tônica comum dos corações, da qual pode se originar uma alegria verdadeira, despreocupada.

De repente, um papagaio cinza-esverdeado começa a se mexer dentro de sua gaiola de varas amarelas e, pode-se dizer, existe um certo reconhecimento distinto na inclinação muda, circunspecta de sua cabeça. Todos assim sentem, baixam a voz e sorriem agradecidos.

E o papagaio, que tem a cara de um professor de música judeu, se curva ainda algumas vezes na direção de seus alunos; é fato: desde que Lora se tornou parte da família, todos aprenderam uma quantidade de palavras harmoniosas com as quais antes nunca se permitiriam sonhar, significativamente multiplicadas em seu vocabulário. No elogio silencioso ao pássaro, cada um toma consciência dessa circunstância e torna-se orgulhoso e feliz. Portanto, vai-se à mesa com a melhor disposição.

Todos os domingos Ewald espera até que a terceira tia, senhorita Auguste, sorria:

— Comer não é mesmo uma vã ilusão?

Ao que alguém, como de hábito, discorda:

— Não, não é mesmo.

É o que habitualmente acontece depois do segundo prato. E Ewald sabe exatamente o que vem depois do terceiro, e assim por diante. Enquanto servem, fala-se pouco, primeiro por causa da "criadagem", depois porque o diálogo com o próprio prato ocupa suficientemente cada um. No máximo, impedem o pequeno Egon, que só pode falar quando solicitado, com terna simpatia, ou de terminar a refeição, ou só de terminar de mastigar. Assim, ocorre que o pequeno tem a desagradável sensação de que comeu demais e

faz da "senhorita", que lentamente enrubesce, a confidente de seus mais íntimos sentimentos. Os outros estão longe de tanta discrição. Ninguém enche seu prato sem gemer baixinho, e quando a copeira entra com um creme doce todos soltam um suspiro alto e dolorido. O frio pecado impõe-se a cada um, e quem há de resistir? O senhor Inspetor pensa: "Se depois tomar um bicarbonato de sódio...", e a senhorita Auguste dirige-se à dona da casa:
— Caroline, temos um digestivo em casa?
— Com um sorriso malicioso, a senhora Von Wallbach puxa uma mesinha, sobre a qual estão muitas caixas e latas ao lado de garrafas de estranha forma. Todos sorriem, sentem o cheiro de farmácia, e o creme pode ser servido mais uma vez.
De repente acontece algo inesperado. A mais velha, qual uma avó, exclama numa advertência:
— E você, Ewald?
O prato de Ewald está limpo.
"E você?", perguntam todos os olhos, e a dona da casa pensa: "Como sempre essa segregação da família. Amanhã todos poderemos ser uns miseráveis — e ele? Isso está certo?".
— Obrigado — diz o jovem laconicamente, afastando um pouco o prato. Quer dizer: com isso o assunto está encerrado, por favor.
Só que ninguém entende aquilo. Todos ficam contentes por terem um assunto e se esforçam para ter uma explicação.
— Você não sabe o que é bom — diz alguém.
— Obrigado.
Então as quatro primas, todas ao mesmo tempo, estendem suas colherzinhas:
— Prove um pouco.
— Obrigado — repete Ewald, conseguindo fazer infelizes quatro moças ao mesmo tempo. O ambiente fica tenso. Até que tia Auguste cita:
— A vovó sempre disse: "O que se come... não... como se suporta...".
— Não — conserta tia Caroline. — Sofre o que não...

Mas assim também não está certo. As quatro primas não sabem o que fazer.

O senhor Von Tragy faz sinal para seu filho: "Mostre-se agora, impressione — avante."

O jovem Tragy emudece. Ele sabe: todos esperam ajuda dele, e como é o último domingo ele finalmente decide:

— Comer o que se gosta e suportar o que se pode — despeja ele, cheio de desprezo.

Todos o admiram. Repetem as palavras, observam-nas, ponderam sobre elas — metem-nas na boca, como se fossem melhorar a digestão, e utilizam-nas a tal ponto que já estão obscuras quando voltam para Ewald, depois de rodear a mesa.

Ele as deixa na boca da "senhorita", uma francesa anêmica, que considera um exercício de pronúncia e, inclinada, repete para o pequeno Egon:

— O que se gosta de comer...

Por um instante Ewald é o centro intelectual da família. Ficam surpresos com sua pronta memória, até que tia Caroline, desdenhosa, franze os lábios:

— Humm — quando se é tão jovem...

"Claro", pensam as quatro irmãs: "quando se é tão jovem...".

E até mesmo no rostinho pálido do pequeno Egon está essa ideia desprezível: quando se é tão jovem — de forma que o rapaz de dezoito anos sente: o que está acontecendo aqui? Provavelmente esperam o meu nascimento para breve.

Mesmo assim ele está excitado, e parece-lhe oportuno que tia Auguste conte, entre duas garfadas, a história de seus dentes — apogeu e morte; na parte de maior suspense ele diz dentro da bocarra aberta da tia:

— Penso que à mesa... — e espera que retruquem: "Faz tempo que você não precisa participar, você pode ir, se achar mais conveniente". Mas todos ficam ofendidos e mudos.

Mais tarde, quando fazem vários brindes com Cantenac, o jovem pensa que agora alguém vai levantar seu copo: "Bem, Ewald...". Mas cada um brinda ao outro, pela ordem, sem que passe pela cabeça de ninguém: "Bem, Ewald...".

Então segue um longo intervalo, e Ewald tem tempo para pensamentos aflitivos; de repente sente os olhares de todos deterem-se na sua pessoa com indiferença ou maldade, e se esforça, com gestos tímidos, para desfazer-se deles. Mas a cada movimento ele entrelaça ainda mais essas redes invisíveis, fica primeiro nervoso, depois perplexo, e pensa continuamente em círculos; pois através de mau humor e impaciência ele sempre chega ao mesmo ponto: seria preciso dizer-lhes algo monstruoso, inaudito, furar-lhes os olhos com uma grande palavra para que eles o deixassem, isso seria preciso. Mas fica só o desejo; pois ele ama até muito desse dia a dia confortável, miserável, no qual deixaram que crescesse, e é como um filho de ladrões, que despreza o ofício de seus pais, mas aos poucos aprende a furtar.

Em meio a essas suas preocupações, tia Auguste diz, inofensivamente:

— Se nenhuma de nossas conversas é conveniente ao jovem senhor ali, ele pelo menos deveria propor um divertimento a seu gosto. E logo se veria... então, Ewald, você tem viajado muito?

Ewald, que mal ouvira, levanta os olhos e sorri triste:
— Bem, eu...

Ele também percebe, como que longínquas, as vozes das quatro primas: — Há quatro ou cinco semanas você começou a contar uma história — e ele quer recordar-se rapidamente que história pode ter sido. Cuidadosamente, informa-se:

— O que era mesmo, por favor?

As quatro primas refletem.

Nesse meio tempo a dona da casa se dirige a ele:
— Você ainda escreve?

Ewald empalidece e diz às primas:
— Então, vocês não sabem...? — E ouve a admiração da viúva do major:

— O quêêê, ele escreve? — e balança a cabeça. — No meu tempo...

Mas apesar disso tudo, ele quer recordar-se da história que começou a contar há cinco ou seis semanas. Tem esperança: em algum momento alguém irá dizer que hoje é o último domingo, e então todos poderão respirar aliviados. Só que repentinamente interrompe-o a senhora Von Wallbach:

— Poetas são sempre distraídos. Acho que todos já podemos ir ao salão — e para Ewald: — Até o próximo domingo você se lembrará da história, não é mesmo?

Ela sorri espirituosa e se levanta. O jovem sente-se um condenado. Portanto, sempre haverá um "próximo" domingo e tudo terá sido em vão. "Em vão", suspira algo de dentro dele.

Só que ninguém mais ouve isso. Todos afastam as cadeiras, erguem-se, dizem com uma voz cheia, satisfeita, que rola sobre muitos goles como sobre um pavimento ruim: — Bom proveito! — e se puxam uns aos outros para o salão com as mãos suadas. Lá é como antes. Só que agora estão sentados a uma certa distância, e o sentimento de familiaridade não é mais tão forte como à mesa.

A viúva do major anda sem parar diante do piano e estala os dedos nodosos de gota. A dona da casa diz:

— A tia toca tudo de ouvido, é admirável.

— Verdade! — admira-se tia Auguste —, de cor?

— De cor — garantem as quatro primas, e se dirigem à viúva do major: — Toque, por favor.

A viúva Richter faz com que peçam durante algum tempo, antes de perguntar generosamente:

— O que querem ouvir?

— Mascagni — sonham as quatro primas, pois é o que é considerado moderno agora.

— Sim — diz a senhora Eleonore Richter, e experimenta as teclas.

— *Cavalleria*?

— Sim — dizem alguns.

— Sim — confirma a velha senhora, e pensa.

— A tia toca tudo de ouvido — diz tia Auguste, que adormecera discretamente, e alguém acrescenta respirando fundo:

— Sim, é admirável.

— Sim — hesita a viúva, e experimenta as teclas. — Alguém precisa assobiar a melodia. — O senhor Inspetor assobia — assim procuro o humor — *Mikado*.

— Certo — sorri a tia. — *Cavalleria* — e sorri como se aquilo fosse sua "juventude".

Ela começa então com *Mikado* e põe-se a tocar, estranhamente reconciliada. *O estudante mendigo* e *Os sinos de Corneville*.

Os outros adormecem agradecidos, e a própria senhora viúva acaba por segui-los.

Então Ewald não aguenta muito tempo, precisa falar a qualquer preço; e, como se fosse a sequência óbvia dos *Sinos de Corneville*, diz:

— O último domingo.

Ninguém ouviu além da senhorita Jeanne. Ela anda silenciosamente sobre o pesado tapete e senta-se em frente ao rapaz, à janela.

Durante algum tempo os dois se observam.

Então a francesa pergunta em voz baixa:

— *Est-ce que vous partirez, monsieur?*[2]

— Sim — responde Ewald em alemão —, vou embora, senhorita. Vou... embora — repete ele pausadamente, e se satisfaz com a amplidão de suas palavras. Na verdade, é a primeira vez que fala com Jeanne, e fica admirado. Sente instintivamente que ela não é apenas "a senhorita" como acham os outros, e pensa: estranho que eu nunca tenha percebido isso. Ela é uma daquelas mulheres diante da qual é preciso curvar-se — uma estrangeira. E embora permaneça quieto e observador, alguma coisa nele se inclina diante da estrangeira — profundamente —, de forma tão exageradamente profunda, que ela é obrigada a sorrir. É um sorriso gracioso, que se inscreve com volutas barrocas em torno dos seus delicados lábios e não alcança a tristeza de seus olhos sombrosos, que estão sempre dando a impressão de que antes choraram. Portanto, em algum lugar se sorri assim — aprende o jovem Tragy.

---

2. Em francês: "Vai partir, senhor?".

E logo em seguida tem a necessidade de expressar-lhe algo como gratidão, algo que a faça feliz. Para ele, é como se devesse lembrar-lhe de alguma coisa que lhes fosse comum, dizer, por exemplo, "ontem", e nisso parecer sensato. Mas em todo o mundo não existe mesmo algo que lhes seja comum. E no meio dessa confusão ela pergunta, em seu alemão de filigrana:

— Por quê? Por que vai embora?

Ewald finca os cotovelos nos joelhos e põe o queixo nas mãos côncavas. — A senhorita também foi embora de casa — responde ele. E Jeanne adverte rapidamente:

— O senhor sentirá falta de casa.

— Sinto saudades — confessa Ewald, e assim eles falam por um momento, sem se entenderem.

Então os dois se viram e se aproximam; pois Jeanne faz sua confissão, baixinho:

— Precisei ir embora, somos oito irmãos em casa, o senhor pode imaginar... Mas tenho muito medo. Claro... todos são bons aqui — acrescenta ela, temerosa, e então a moça interpela: — E o senhor?

— Eu? — o jovem está distraído — Eu? Não, não preciso ir embora, Deus sabe, até pelo contrário. Veja bem: todos aqui sabem que este é meu último domingo, e o que fazem? Mas apesar disso... por que está sorrindo? — ele se interrompe.

Ela hesita, e em seguida:

— O senhor não é poeta? — Ela está completamente enrubescida e assustada como uma criança.

— É justamente este o ponto, senhorita — explica ele. — Não sei. E chega o momento em que se precisa saber, não é? De uma forma ou de outra. Aqui não é possível chegar a uma conclusão a respeito. Não se pode afastar-se de si mesmo, falta a calma, falta o espaço, a perspectiva. Entende o que quero dizer, senhorita?

— Talvez — confirma a senhorita —, mas, quero dizer, seu pai deve se alegrar com isso e sua...

— Minha mãe, a senhorita quer dizer. Hum. Sim, alguém já disse. Sabe, minha mãe é doente. A senhorita certamente já ouviu a respeito, embora aqui se evite pronunciar o nome dela. Ela abandonou meu pai. Está viajando. Carrega consigo apenas o necessário... Também o necessário do amor. Faz tempo que não tenho notícias dela, pois não nos escrevemos há um ano. Mas, no vagão do trem entre uma e outra estação ferroviária, ela deve contar: "Meu filho é poeta".

Pausa.

— Sim, e meu pai então. É uma pessoa ótima. Gosto muito dele. É tão distinto e tem um coração de ouro. Mas as pessoas lhe perguntam: "Seu filho faz o quê?", e ele fica envergonhado, fica embaraçado. O que dizer? *Somente* poeta? É simplesmente ridículo. Mesmo que fosse possível, essa não é uma profissão. Não leva a nada, não se faz parte de uma classe, não se tem direito a aposentadoria, em suma: não se estabelece uma relação com a vida. Também não se deve apoiar essa opção nem dizer "bom" e "amém" ao que quer que seja. Entende agora que nunca mostro algo a meu pai, a ninguém aqui, pois aqui não julgam minhas tentativas; elas a princípio são odiadas, e sou odiado por meio delas. E eu mesmo tenho tantas dúvidas. Realmente: fico acordado noites inteiras, mãos cruzadas, atormentando-me: "Sou digno?".

Ewald fica triste e quieto.

Entretanto os outros despertam e vão aos pares para os aposentos, onde já estão prontas as mesas de carteado.

O Inspetor está de bom humor. Ele bate discretamente no ombro do filho:

— Então, meu velho?

E Ewald tenta sorrir e beija-lhe a mão.

Ele vai ficar mesmo, pensa o Inspetor: é razoável. E junta-se aos outros.

O jovem Tragy esquece imediatamente seu sorriso e lamenta:

— Veja, assim ele me segura. Discretamente, sem violência ou influência, quase somente com uma lembrança, como se dissesse: "Você um dia foi pequeno, e todos os anos preparei uma árvore de Natal para você — pense". Ele me deixa muito fraco com isso. Não há como escapar de sua bondade, e por trás de sua ira há um abismo. Não tenho coragem suficiente para dar esse salto.

Provavelmente sou covarde, pode acreditar em mim, covarde e insignificante. Seria muito bom para mim ficar aqui, assim como todos pensam, ser bem-comportado e modesto, e seguir vivendo assim cada miserável dia que passa, e continua a passar...

— Não — disse Jeanne, decidida —, agora está mentindo...

— Ah! sim, talvez. Precisa saber que minto frequentemente. De acordo com a necessidade, às vezes para cima, às vezes para baixo; eu deveria estar no centro, mas de vez em quando acho que não há nada nesse intervalo. Por exemplo, venho visitar a tia Auguste. Está claro, e a sala ancestral fica tão familiar. E sento-me na melhor cadeira, cruzo as pernas e digo: "Querida tia", digo mais ou menos "estou cansado, permita-me colocar meus pés empoeirados no sofá, bem em cima das bonitas mantas de proteção." E para que a boa tia, alegre com essa brincadeira, não me detenha desnecessariamente, faço isso naturalmente, pois ainda tenho muito a contar, por exemplo: "Tudo vai muito bem obrigado; sei que há leis e costumes, e as pessoas costumam habituar-se a eles de alguma forma. Mas você não deve me incluir entre esses honrados cidadãos, caríssima tia. Sou meu próprio legislador e rei, acima de mim não há ninguém, nem mesmo Deus...". Sim, senhorita, mais ou menos isso digo a minha tia, e ela enrubesce de indignação. Chega a tremer: "Outros já aprenderam a se conformar...". "Pode ser", respondo, indiferente. "Você não é o primeiro, e para pessoas que pensam assim existem hospícios e prisões, graças a Deus...", minha tia já chorando, "desse tipo há centenas". Mas então eu me revolto: "Não", grito-lhe, "não há ninguém como eu, nunca houve...". Eu grito e grito, pois eu preciso me sobrepor a meus próprios gritos com esse comentário. Até que de repente noto que estou num aposento estranho diante de uma senhora desamparada e represento um papel qualquer. Então fujo de lá envergonhado, ando pela ruela e entro em meu quarto no último momento antes das lágrimas saltarem de meus olhos. Então...

Ewald balança a cabeça com veemência, como se quisesse derrubar as ideias que continuam a surgir. Ele sabe:

— Eu choro, claro, porque me traí. Mas como devo explicar isso, e para quê? É uma outra traição.

E assegura rapidamente:

— Bobagem, senhorita, não deve acreditar que realmente choro... E a mentira logo lhe dói.

Foi tão bom confiar em alguém, e agora tudo se arruinou novamente. "Não é preciso sempre recomeçar", pensa Tragy, e permanece contrariado e mudo.

A senhorita também emudece.

Eles escutam as cartas caindo nas mesas de jogo, como gotas das árvores quando alguém as balança. E de tempos em tempos, com grande importância:

— A tia passa?

Ou:

— Quem mistura?

Ou:

— Bati!

E: as risadinhas das quatro primas.

Jeanne reflete. Quer dizer algo amável, portanto, para ele, alguma coisa em alemão. Mas não sabe como deve aquecer as palavras estrangeiras, por isso finalmente pede:

— Não fique triste. — E se envergonha.

O jovem levanta os olhos, e sério e pensativo olha-a no rosto até ela parar de pensar: eu disse com certeza uma bobagem. Então ele acena levemente e toma com muita seriedade a mão dela, que cuidadosamente coloca entre as suas. É como uma tentativa, e ele não sabe o que fazer com essa mão de moça, pois a solta, deixa simplesmente cair.

Entretanto Jeanne encontrou sua segunda frase alemã, da qual está muito orgulhosa:

— Ainda não perdeu nada?

E aí Ewald junta as mãos no colo e olha pela janela.
Pausa.
— É tão jovem... — consola-o timidamente a moça.
— Ah! — exclama Ewald. Ele está realmente convencido de que a vida para ele na verdade acabou; não que ele se fosse na metade, mas ela passara de uma vez por todas. Agora então ele não mente e de fato está triste:
— Jovem? É isso, por favor? Perdi tudo...
Pausa.
— Deus também — e ele se esforça para evitar todo tipo de *pathos*. Então ela sorri. Ela é devota. Ele não entende esse sorriso, que agora até o incomoda, e fica um pouco melindrado. Mas ela lhe pedir desculpas, levanta-se e diz:
— Ewald — ela fala acentuando erradamente o *a* e com um fechado *e* mudo no final, que soa misterioso e como uma promessa —, acho que ainda tem tudo por encontrar...
E ao dizer isso ela fica tão alta e solene diante dele.
Ele baixa ainda mais a cabeça e quer vangloriar-se: "Filhinha" — assim, de uma melancolia superior, mas logo em seguida está tão discretamente agradecido e gostaria de poder exultar: "Eu sei".
Não faz uma coisa nem outra.
Então alguém na sala de jogos nota que ao lado se instalara o silêncio. A senhora Von Wallbach franze a testa e logo fala:
— Jeanne!
Jeanne hesita.
A dona da casa está realmente preocupada, e as quatro primas ajudam-na:
— Senhorita!
E a francesa se inclina, e não sabe se se trata de uma pergunta ou uma ordem:
— E... vai embora?!
— Sim — sussurra Ewald rapidamente. Por um segundo sente a mão dela nos cabelos e promete a uma jovem moça desconhecida sair pelo mundo, e nem sabe o quão singular é isso tudo.

II

É quase impossível acreditar: Ewald Tragy dormiu quatorze horas. E numa cama de hotel estranha, miserável, enquanto na praça da estação há barulho e o sol brilha desde as cinco da manhã. Ele até esqueceu de sonhar, apesar de saber que os "primeiros" sonhos têm significado especial. Consola-se com o fato de que agora tudo poderá realizar-se, não importando se sonha ou não, e inscreve esse sono vazio no que acontecera ontem como um longo, longo travessão. Pronto. Sim, e agora? E agora a vida pode começar..., ou aquilo que tem de começar em seguida. O rapaz espreguiça-se confortavelmente nos travesseiros. Talvez assim, nesse agradável calor, ele queira acolher os acontecimentos? Espera ainda meia hora, mas a vida não chega. Então ele se levanta e decide ir ao seu encontro. E a obrigação de fazê-lo é o aprendizado da primeira manhã.

O aprendizado o satisfaz, dá-lhe movimento e objetivo e leva-o para a nova e luminosa cidade. A princípio ele constata apenas que as ruas são infinitamente longas e os bondes, ridiculamente pequenos, e está inclinado a explicar cada um desses dois fenômenos através de outro, o que o tranquiliza enormemente. Tragy interessa-se por todas as coisas, até pelas grandes e significativas. Mas quanto mais avança o dia, tanto mais tudo perde valor diante das valetas da rua, diante das quais Tragy sempre para, cada vez mais pensativo. Não sorri mais com os pequenos bilhetes colados nem com suas promessas, e não tem mais tempo para admirar-se dessa estranha língua na qual estão redigidos. Ele os traduz com uma pressa convulsiva e escreve muitos nomes e números em seu caderno de notas.

Finalmente faz a primeira tentativa. No vestíbulo arruma sua gravata e se propõe muito educadamente: "Perdão, é aqui que há um quarto para um senhor, não é?". Ele toca, espera e diz com gentileza, em bom alemão e tom reservado. Uma mulher grande,

corpulenta, logo o empurra para a esquerda por uma porta antes que ele complete sua frase.
— Olhe aqui, vou logo dizendo como é que é. É limpo. E se o senhor precisar de mais alguma coisa... — E em seguida ela espera, as mãos fincadas nos quadris, por sua decisão.

Trata-se de um quartinho com duas janelas e móveis antigos e pesados, e agora já bem invadido pelo crepúsculo, de forma que se tem a sensação de estar alugando também várias coisas das quais nem se suspeita.

E como o rapaz não diz palavra e mal examina o quarto escuro, a mulher acrescenta com hesitação:
— E custa 20 marcos por mês com café da manhã, é o que sempre pedimos por ele...

Tragy aquiesce algumas vezes. Então se aproxima da velha escrivaninha, num canto do quarto, testa seu largo tampo dobrável e sorri, puxa duas ou três pequenas gavetas no fundo e volta a sorrir:
— A escrivaninha vai ficar aqui? — quer saber, e está decidido: eu também fico. Mas então se lembra de toda a série de números em sua agenda, como um dever, e ele diz rapidamente:
— Quer dizer, posso pensar até amanhã?
— Pode sim, por mim...

E Tragy grava bem a casa e escreve em sua agenda: "Senhora Schuster, Finkenstrasse 17, fundos, térrea, escrivaninha". Depois de "escrivaninha", três exclamações. Então fica muito satisfeito consigo mesmo e não procura mais nada naquele dia.

Mas na manhã seguinte, bem cedo, começa a seguir sua agenda. E não é pouca coisa. De manhã, enquanto as pessoas ainda estão descansadas e os quartos bem ventilados, alegra-o de certa forma sua caminhada. Ele anota pontualmente todas as vantagens — ali, uma sacada com vista, em frente, um sofá, e um banheiro no número 23, dois lances de escada, mas em nenhum outro lugar uma escrivaninha. Vez por outra anota pequenas advertências, por exemplo: "crianças" ou "piano" ou "restaurante". Então as anotações tornam--se cada vez mais secas e apressadas; suas impressões modificam-se muito estranhamente. Na mesma proporção que a incapacidade de seus olhos, cresce a sensibilidade de seus órgãos olfativos, e pelo meio-dia ele desenvolveu de tal forma esse sentido desprezado que somente através dele toma consciência do mundo exterior. Pensa: Aha, lentilhas! Ou: chucrute, e já dá meia-volta na soleira da porta quando, de alguma parte, vem o cheiro de roupa lavada. E esquece por completo o objetivo de suas visitas e se limita simplesmente a constatar a singularidade das diversas atmosferas das cozinhas ridiculamente pequenas que se precipitam quais cães soltos sobre ele.

Nisso ele corre em volta de crianças, sorri agradecido para as mães enfurecidas e outorga a anciãos calados, que ele perturba num canto qualquer de quarto, sua especial consideração.

Por fim escurecem todos os corredores, e é quando vem ao seu encontro a mesma mulher corpulenta, as mesmas crianças choram ao seu redor, e no fundo está sempre aquele velho senhor perturbado com o olhar assustado e perplexo.

E aí Ewald Tragy foge, sem fôlego. Quando se recupera, encontra-se diante da velhíssima escrivaninha com as muitas gavetas e começando a escrever: "Querido Papai, meu endereço é o seguinte: Finkenstrasse 17, a/c Schuster". Então pensa muito e finalmente decide só continuar a carta no dia seguinte.

E nos dias posteriores quase não faz uso da escrivaninha. Vai vivendo as primeiras semanas assim, o dia inteiro fora de casa, sem plano certo, sempre acompanhado do sentimento: afinal, o que eu queria mesmo? E vai às galerias, e os quadros o decepcionam. Compra um *Guia de Munique* e cansa-se dele. Por fim procura comportar-se como se fosse viver lá anos, mas isso não é fácil. No domingo senta-se entre os burgueses numa cervejaria e sai de lá para a Oktoberfest, onde estão abertas as barracas e jogos, e à tarde toma uma charrete para o Jardim Inglês. Aí há um momento que não gostaria de esquecer. Entre cinco e seis da tarde, quando no céu as nuvens tomam forma e cor tão fantásticas e de repente se moldam como montanhas por trás da relva plana do Jardim Inglês, um pensamento se impõe: amanhã quero escalar esses cumes. E o dia seguinte é de chuva e a névoa está densa e pesada sobre as ruas infinitamente longas. Sempre volta a haver uma manhã assim, que arranca as coisas das mãos da gente, e o rapaz espera até que isso mude. Não tem ninguém a quem perguntar o que fazer. Ele fala dez palavras com a dona da casa, quando ela lhe traz o café da manhã, e toda noite encontra seu marido, o cocheiro de uma família aristocrática, e o cumprimenta muito educadamente. Ele sabe que os dois têm uma filha e muitas vezes ouve através da parede, quando a casa fica completamente silenciosa, "Mamãe..." — uma delicada voz de menina. Ela lê alguma coisa em voz alta, que às vezes parecem versos.

Isso faz com que Ewald agora volte mais cedo para casa, tome seu chá e se debruce noite adentro sobre um trabalho ou um livro. Toda vez que ouve a voz ao lado, ele sorri, e assim aos poucos passa a gostar de seu quarto. Cuida mais dele, traz flores para casa, e durante o dia muitas vezes fala alto, como se não houvesse mais segredos entre essas quatro paredes. Mas por mais que se esforce, permanece algo de frio, negativo nas coisas, e frequentemente à noite tem a sensação de que mora alguém a seu lado que usa todos os objetos, sem prejuízo de sua presença, e a quem eles também estão à disposição. Isso é ainda mais fortalecido nele por causa do seguinte acontecimento:

— Estranho — diz Ewald certa manhã, justamente quando a senhora Schuster serve o café. — Veja, essas duas gavetas da escrivaninha não querem abrir. A senhora teria uma chave? Caso contrário se poderia fazer uma... — E ele sacode as duas misteriosíssimas gavetas da escrivaninha.

— O senhor me perdoe... — hesita a senhora Schuster, falando um bom alemão, meio embaraçada — ...mas não posso abrir essas duas gavetas, pois...

Tragy olha-a surpreso.

— Meu senhor, tivemos aqui um dia um outro senhor que estava mal de vida. E como não podia nos pagar, mostrou o móvel e disse: nessas duas gavetas deixo uns documentos importantes como garantia, foi o que ele disse, e levou a chave embora...

— Sei, sei — disse Tragy, parecendo indiferente. — Faz muito tempo isso?

— Hum — reflete a mulher —, talvez uns sete ou oito anos, pode ser, é, é que a gente não ouviu mais falar dele; mas pode ser que ele venha e busque a papelada. Não é? Nunca se sabe...

— Claro, claro... — diz Ewald, e distraído pega o chapéu e sai. Esqueceu completamente de tomar o café.

Desde então, Tragy trabalha na mesinha oval, que ele colocara contra a outra janela; pois outubro avança, e a escrivaninha está próxima demais dos vidros. Assim, essa mudança se explica da forma mais natural possível.

E o jovem ainda encontra outras vantagens na nova arrumação, por exemplo: ele assim pode olhar diretamente para a janela. É como um quadro. Vê-se um pátio, no qual aos poucos as castanheiras murcham. (São mesmo castanheiras?) Uma velha fonte de pedra, bem ao fundo, a água escorrendo como uma canção que acompanhasse tudo. E há inclusive uma escultura no pedestal. Sim, se ao menos fosse possível ver o que representa! Ah!, logo vai escurecer, será preciso acender o candeeiro. Aliás, se lá fora não há vento, como então as folhas caem lentamente, ridiculamente lentas? E aí uma folha quase para suspensa no ar denso e úmido e olha para dentro, para dentro — como rostos, como rostos, como rostos... pensa Tragy, sentado tranquilamente e imóvel, e deixa que alguém se debruce na janela e olhe fixamente, tão perto que amassa o nariz nos vidros e os traços adquirem um aspecto mais largo, vampiresco, ávido. O olhar de Ewald segue, completamente perdido, as linhas desse rosto, até que de repente se precipita sobre aqueles olhos desconhecidos à espreita, como se fossem abismos. Isso lhe devolve a consciência. Levanta-se de um salto e já está à janela. As trancas não cedem logo às suas mãos trêmulas, e o sujeito lá fora já está longe quando Tragy se debruça sobre a névoa.

Evidentemente o ar frio o acalmou; pois não faz mais nada de extraordinário. Acende o candeeiro, prepara seu chá como todo dia, e pode-se pensar que está interessado no livro que tem diante de si.

Somente uma coisa é estranha: ele não vai dormir. Espera até o candeeiro apagar-se; mais ou menos à uma e meia. Então acende a vela e olha-a pacientemente, até que, no castiçal, ela se consome. E já há também uma tímida luz por trás dos vidros. Uma noite curta, não? Ewald não pensa, por exemplo, se deve sair de lá. Isso é natural. Ele só pensa em como irá dizer: "Sinto muito, senhora Schuster", ou "Fiquei realmente satisfeito aqui, mas...". E mexe e remexe aquela frase tão pobre.

E pela manhã está convencido de que não é possível ir embora porque não conseguirá expressar esse desejo de forma alguma. Permanece, portanto. É preciso arranjar-se. É assim com esses quartos: aqueles que neles antes moraram ainda não saíram de todo, e os que virão depois de Ewald Tragy já estão esperando. O que resta senão conviver? E nesse domingo Ewald decide ser o mais discreto possível para não incomodar nenhum dos seus desconhecidos colegas de quarto, e simplesmente viver como o mais insignificante morador nesse alojamento coletivo na Finkenstrasse.

E, veja só, dá certo. Depois de algumas semanas completamente suportáveis chega-se pouco a pouco novembro adentro e se ganha de presente, em troca do dia curto e triste, uma noite longa, na qual há espaço para tudo.

Mas, primeiramente: Das Luitpold. Algo a ser mencionado. Sentamos junto a uma mesinha de mármore e colocamos um monte de jornais ao lado para parecermos terrivelmente ocupados. Então vem a garçonete de preto e, ao passar, enche as xícaras com o café ralo, Deus, mas enche tanto que nem ousamos adicionar o açúcar. É quando dizemos: "normal" ou "curto", e ele fica ao gosto do freguês. Dizemos ainda uma gracinha, quando está na ponta da língua, e então Minna ou Bertha sorri um tanto cansada para um ponto distante e agita o bule niquelado na mão direita.

Tragy só vê isso acontecer em outras mesas. Ele se limita a um "obrigado", pois acha muito antipáticas essas senhoras vestidas de preto, que de dia parecem tão sem graça; ele só lamenta pela pequena Betty, que lhe traz a água. Sabe-se lá por que lhe deseja fazer uma cortesia, mas o fato é que além da gorjeta ele um dia deixa em sua mão um papelzinho dobrado e fica contente por ver seus olhos brilharem. É um bilhete de alguma loteria beneficente, com o qual é possível ganhar cinquenta mil marcos. Mas a pequena Betty parece muito decepcionada quando, um instante depois surge de trás de uma coluna e nem diz "obrigada". São pequenas coincidências assim que tocam o rapaz mais do que ele mesmo pensa. Elas lhe dão a sensação de ser excluído, de estar vivendo por assim dizer os costumes de um país distante no meio de todas essas pessoas que se entendem só com um sorriso. Ele gostaria tanto de ser uma delas, alguém que está no fluxo e em algum momento quase acredita ser uma dessas pessoas. Até que acontece um pequeno incidente que prova que nada mudou: ele de um lado e o mundo inteiro do outro. E vá viver assim!

Justamente nessa época em que Tragy sente a necessidade de conhecer alguém é que recebe uma carta. Diz ela: "Soube casualmente que o senhor está em Munique. Li alguns textos seus e creio que seria bom se nos encontrássemos na sua casa, na minha ou num terceiro local, como quiser e... *se* quiser."

E Tragy não quer. Há tempos ele conhece de revistas e antologias poéticas o nome que assina a carta e nada tem contra Wilhelm von Kranz, absolutamente nada. Mas no momento em que esse senhor o toca, ele se recolhe em si mesmo como um caramujo. O que até ontem desejara torna-se agora um perigo, no momento em que pode se concretizar lhe parece incrível existir alguém que, sem motivo, por assim dizer, com os sapatos empoeirados ouse entrar em sua solidão, na qual ele próprio só se atreve a introduzir-se muito discretamente. Assim, Tragy não apenas não dá resposta, como até evita cuidadosamente todo e qualquer "terceiro local", ficando em casa com frequência. Ocasionalmente então avista a filha da dona da casa, da qual só conhecia a voz.

Uma vez diz à moça, quando ela lhe traz o café:

— O que sempre lê à noite, senhorita Sophie?

— Ah!, o que temos em casa. Não temos muitos livros, mas... ouve-se daqui?
— Palavra por palavra — exagera Tragy.
— Incomoda-o muito?
— Não, não me incomoda. Mas se gosta de ler, quero dar-lhe o que tenho comigo. Não é muita coisa, mas é muito bom. — E lhe estende um volume de Goethe.

Foi um brevíssimo contato entre eles, mas para Tragy preenche algo, torna-se um pensamento constante no meio de tudo que flui pela sua alma, e ele também gosta de repousar nele. Emprestar tais livros a alguém, afinal de contas, é o mesmo que presentear a pessoa com um bilhete de loteria. Mas desta vez Tragy ganhou um simpático "obrigada" por isso. Fica feliz.

Ele também estava de bom humor na tarde em que volta inesperadamente para casa e ouve vozes em seu quarto. Tragy hesita e fica à escuta. Palavras apressadas, a meia-voz, que parecem fugir de seus passos. Eis então que surge à porta um rapaz com um rosto largo e gordo que assobia, assobia despreocupadamente, sem mais nem menos. E justamente quando Ewald quer interpelá-lo sai de lá Sophie, muito pálida, fazendo de conta que tudo aquilo é muito natural. Ela diz então com insegurança:

— Este senhor aqui, ele..., ele queria ver o quarto, senhor Tragy.

Os dois jovens entreolham-se. O desconhecido para de assobiar e cumprimenta-o. E como sorri educadamente, o rosto fica largo e difuso, e Tragy é obrigado a pensar em algo feio. Apesar disso ele agradece, ligeiramente, com a mão na aba do chapéu, e entra em seu quarto.

Só depois de um tempo ele nota que Sophie está atrás da porta, e de repente acha que tem muito a fazer, carrega coisas desnecessariamente de uma mesa para outra, e ocasionalmente se abaixa para pegar algo. Mas por fim termina aquela maldita arrumação e acha que deve perguntar à moça: "O que deseja?". Pois ela não poderá querer ficar ali, parada, sem um motivo.

De repente, ele se lembra de alguma coisa e fala para o outro lado, para um canto qualquer:

— Pode ficar tranquila, não direi nada. É o que deseja ouvir, não é? Pois bem. Vou embora no próximo mês; aliás, era essa a minha intenção...

E já está sentado à mesa escrevendo, ali mergulhado, como se já estivesse escrevendo há duas horas. Mas será apenas uma breve carta ao senhor Von Kranz, na qual pede a ele para estar no dia seguinte às quatro no Das Luitpold, se lhe convier. Só quando terminou de escrever o endereço, olha cuidadosamente em torno de si. Ninguém mais está lá, e Ewald troca de sapatos e roupa, pois pretende sair à noite para jantar.

A hora convém ao senhor Von Kranz, como lhe conviria qualquer outra hora, pois não é excessivamente ocupado. Escreve algo grande, uma epopeia ou algo para além da epopeia, em todo caso algo novíssimo, com "pontos altos"; assim entretém o novo conhecido na primeira meia hora de conversa. Mas um trabalho assim, como se sabe, depende unicamente da inspiração, do profundo entusiasmo que (segundo o senhor Von Kranz) "realiza o sonho da sombria Idade Média de transformar todas as coisas em ouro". Algo assim acontece, evidentemente, no meio da noite ou não se sabe quando, mas não às quatro da tarde, num horário em que notoriamente podem ocorrer as coisas mais costumeiras possíveis. E por isso o senhor Von Kranz está desocupado, sentado no Das Luitpold, em frente a Tragy. É muito eloquente, pois Ewald é calado, e Kranz não gosta do silêncio, ao que parece. Considera isso uma prerrogativa dos solitários, mas quando dois ou três estão juntos realmente isso não faz sentido, pelo menos não um sentido que se possa compreender à primeira vista. E nada de coisas obscuras e incompreensíveis, pelo menos na vida. Na arte? Ah!, aqui é diferente, na arte há o símbolo, não é? Contornos escuros diante do fundo iluminado, não é? Imagens veladas... não? Mas na vida... símbolos... ah, que ridículo!

De vez em quando Ewald diz "sim" e se admira da infinidade de "sins" não usados que carrega dentro de si. E se admira com as grandes palavras e a pequena vida em algum lugar, bem fundo. Pois naquela tarde ele conhece toda a visão de mundo do senhor

Von Kranz, visão de mundo observada num voo de pássaro e... e de fato se admira. Ele é jovem, aceita as coisas como fatos e as sensações como fatalidades, e de vez em quando tem necessidade de anotar algo a respeito dessas brilhantes confissões, porque todo esse contexto, ao longe, parece-lhe inalcançável. Mas o que mais o surpreende é que essas convicções já estão prontas, a despreocupada leviandade com a qual Kranz ordena um conhecimento ao lado do outro, puros ovos de Colombo: se um não quer logo ficar de pé, basta um tapa na mesa e... ele fica.

Se isso é habilidade ou força — quem há-de decidir? O senhor Von Kranz é sincero. Fala muito alto e com certeza esqueceu completamente o local da ação. Como uma tempestade que arranca janelas desconhecidas, seu discurso irrompe em todas as conversas, de forma que todos por fim desistem e deixam abertas as janelas. E justamente agora a tempestade prevalece. Até mesmo a bela Minna esquece de servir, permanece encostada a uma coluna a escutar. Só que, por infelicidade, com olhos bem impertinentes. E de repente, com esses grandes olhos, verdes, ela captura os olhares fulminantes do prosador e os doma, torna-os pequenos, insignificantes, indignos e simplesmente deixa-os de lado com um sorriso infame.

O senhor Von Kranz perde a calma por um momento. Ele vacila no assento, mas logo age como se isso tivesse sido um gesto proposital e lança à bela uma palavra, grudenta, mais sapo do que flor. Então logo volta ao assunto e está até num ponto alto, justamente no seguinte ponto: "Como superei Nietzsche".

Mas Ewald Tragy de repente não presta mais atenção. Ele só descobre isso muito mais tarde, quando Kranz chega a um ponto final qualquer e espera. Essa espera significa: "E o senhor? O senhor deve ter uma opinião a respeito de tudo isso, espero. A minha visão de mundo pela sua visão de mundo, e então?".

Tragy não compreende logo, e quando finalmente entende cai numa indescritível confusão. Fica assim no meio de tudo, como se estivesse no meio da floresta, e só vê troncos, troncos, troncos e mal sabe se é dia ou noite acima deles. E mesmo assim deve mencionar a hora exata, os minutos exatos, de forma que não é possível ter dúvidas. Com seu silêncio, teme ferir o senhor Von Kranz; mas fica cada vez mais indulgente, compreensivo, quase paternal. E pede rapidamente a conta, tamanha a sua sensibilidade.

Mas nos dias seguintes Tragy sente cada vez mais claramente que deve dar algo de si ao novo conhecido, não por simpatia, mas porque, depois daquela tarde franca, tornou-se seu devedor em termos de confiança. E, quando os dois um dia passeiam pelo Jardim Inglês —, no horizonte vê-se novamente um crepúsculo com montanhas de nuvens e ele diz subitamente:

— Sempre estive tão sozinho. Aos dez anos de idade saí de casa para o colégio militar com mais quinhentos colegas e... mesmo assim... Era muito infeliz lá... Cinco anos. Então voltaram a me colocar numa escola, e depois em outra, e assim por diante. Sempre estive sozinho, o senhor sabe...

Se não passar disso, pensa o senhor Von Kranz, então há remédio. E desde então ele está a todo instante com Ewald, cedo, pela manhã, até tarde da noite. E faz isso tão naturalmente que Tragy não ousa mais trancafiar sua solidão; vive, por assim dizer, de portas abertas. E o senhor Von Kranz vem e vai, e vai e vem. E tem direito a isso, pois:

— Temos o mesmíssimo destino, caro amigo Tragy... — afirma ele. — Também não me entendem em casa, claro. Chamam-me de excêntrico, louco, como se...

Nessa ocasião ele nunca esquece de acrescentar que seu pai era mordomo-chefe numa pequena corte alemã e que nesses círculos — e ele com certeza os menospreza — imperavam as conhecidas opiniões conservadoramente distintas. Justamente a essas opiniões ele tem também de agradecer por ter sido obrigado a se tornar tenente, tenente da guarda, e ele garante que lhe custou muito esforço voltar para a reserva um ano depois, passando por cima por assim dizer, da simpatia dos superiores e dos subordinados. E por fim garante que em casa, no castelo Seewies-Kranz, ninguém estaria absolutamente de acordo com sua escolha profissional e lhe colocam pedras no caminho, mas isso ele por certo quase não precisa mais garantir. Mas, apesar de tudo, diz que não desistiu de lutar. Pelo contrário. Ele ficara noivo, sim, noivo oficialmente, noivo com anúncio impresso. Ela é das melhores famílias, evidentemente, distinta, bem educada, não é rica, mas quase nobre. (Sua mãe é a condessa fulana de tal.) Bem, e esse passo, dado por ele sem problemas, é uma prova de sua liberdade, de certa forma. E também não há de demorar muito até o casamento, pois:

— Minha ruptura com a Igreja... — Kranz enrola seu bigode louro e sorri.

— Sim — diz ele, extremamente satisfeito consigo mesmo e com o espanto de Tragy. — Isso é que é uma jogada, não é? Com isso renuncio ao meu posto de oficial, claro, sacrifico-o pela minha convicção. Pertencer a uma comunidade cujas leis não se respeitam é uma infidelidade consigo mesmo...

"Infidelidade consigo mesmo", lembra-se Tragy certa vez no meio da noite; como isso está pronto, como é claro, superado. E desde então ele se lembra quase toda noite de alguma passagem de suas conversas com Kranz, e lhe parecem, todas elas, igualmente acertadas e significativas. As consequências não demoram.

Uma manhã, ainda em novembro, Tragy acorda e tem uma nova visão de mundo. Realmente. Ela não pode ser negada, ela existe, todos os indícios denunciam isso. Ele não sabe ao certo a quem ela pertence, mas como ele a encontrou em si, supõe que seja a sua. Evidentemente logo a leva consigo ao Das Luitpold. Mal a expõe e já possui uma porção de conhecidos, quase amigos, que lhe contam a respeito de seus poemas, que todos conhecem, e a cada cinco minutos lhe oferecem cigarros: "Pode pegar um...". Só falta que lhe batam no ombro e o tratem por "você". Mas Tragy não fuma, embora sinta que isso pertença a sua visão de mundo, tanto quanto o *cherry* que tem diante de si, e a intenção de passar a noite no Blumensäle[3], onde canta a famosa Branicka.

---

3. Café-concerto de Munique.

E justamente alguém afirma que Kranz conhece muito bem a tal Branicka.

— Como?

Kranz levanta os ombros e enrola o bigode; subitamente é um tenente por completo, é "Von" Kranz. E alguém brinca:

— Sim, depois das horas que passa com sua noiva, precisa mesmo de... uma distração.

Gargalhada geral pois todos consideram o comentário muito oportuno, "fino", segundo o termo técnico, e o próprio Kranz fala assim. Ele se sente em geral efusivo entre essas pessoas, que, além de tudo, ainda têm nomes, embora já fosse suficiente uma numeração para diferenciá-las. Em todo caso, Kranz não tem em alta conta seus companheiros do dia a dia; eles lhe parecem assim uma espécie de pano de fundo para a própria personalidade, e se Tragy alguma vez pergunta por um deles ele devolve: "Aquele? Bem, ainda não é possível saber se tem talento, talvez...", e escolhe isso como motivo para dissertar mais longamente sobre as "missões da arte", sobre as "exigências técnicas do drama" ou a "epopeia do futuro".

Aqui também Tragy sente-se muito inexperiente, daí porque não pode haver uma discussão justa, pois só raramente sabe replicar algo. Mas, se sua ignorância o intranquiliza em outros casos, frente a essas coisas ele a encara como um escudo, atrás do qual pode esconder algo amável, profundo — não pode imaginar o quê —, de algum perigo desconhecido —, mas não sabe dizer qual. Ele também tem receio de mostrar ao companheiro aquilo que lhe ocorre escrever em momentos tranquilos, e só raramente lê para ele, em voz baixa, inconscientemente lamentosa, alguns versos tímidos, arrependendo-se logo em seguida, e se envergonhando do aplauso pronto do outro, tão alto e sem reservas. Seus versos estão justamente doentes, e não se deve falar alto na presença deles.

De resto, não resta a Tragy muito mais tempo para tais mistérios. De repente seus dias estão tão cheios, e apesar disso Tragy passa por eles com maior facilidade do que antes, quando eram vazios e não era possível apoiar-se em nada. Existe uma porção de pequenos deveres, compromissos diários com Kranz e seu círculo, uma constante ocupação sem um verdadeiro sentido, e conversas que poderiam ser concluídas a qualquer momento, em qualquer ponto. Em compensação, falta toda excitação e intranquilidade; é sempre um contínuo acompanhar, e a própria vontade nada tem a fazer. Um único perigo real ainda existe: a solidão — e disso cada um sabe preservar o outro.

Assim estão as coisas até aquela tarde em que o senhor Von Kranz, mais importante do que nunca, está no Das Luitpold e explica a Tragy:

— Enquanto não alcançarmos isso, nada feito. Precisamos de uma arte das alturas, caro amigo, uma coisa assim para multidões. Sinais que ardem no cume de todas as montanhas de país a país, uma arte que é como um apelo, uma arte de sinais.

— Bobagem — diz alguém atrás dele, e aquilo cai como uma argamassa úmida sobre a eloquência reluzente do poeta, co-brindo-a.

Esse "bobagem" pertence a um homenzinho de preto, que dá uma longa tragada em um resto de cigarro incrivelmente gasto, e junto com as cinzas reluzem seus grandes olhos negros, que com elas se apagam. Então ele prossegue tranquilamente, e o senhor Von Kranz exclama irritado atrás dele:

— Claro, Thalmann...

E acrescenta para Ewald:

— É um malcriado. Seria preciso censurá-lo. Mas ele não tem mesmo modos. Não conta. O melhor é não prestar atenção nele...

E tem muita vontade de retomar suas discussões sobre a arte das alturas. Só que Tragy reage com incomum energia e pergunta com firmeza:

— Quem é esse?

— Um judeu saído de um lugarejo qualquer; escreve romances, creio. Uma dessas duvidosas existências, como aqui há às dezenas, dezenas. Hoje isso vem não se sabe de onde, e depois de amanhã se vai e não se sabe para onde, e nada resta além de um pouco de sujeira. O senhor não deve deixar-se enganar por esses gestos, caro Tragy...

Sua voz torna-se impaciente e isso significa: de uma vez por todas, e basta. E Tragy também concorda inteiramente, e está disposto a não se deixar enganar.

Mas é um capítulo, essa tarde. Ele não consegue esquecer aquele ridículo "bobagem" que caiu tão pesado e grande sobre o entusiasmo do profeta e, o que é pior, ele ainda o ouve cair — por trás de toda grande declaração do senhor Von Kranz ele ouve o barulho da queda, e em algum ponto da lembrança vê o homenzinho de ombros largos e casaco puído sorrindo.

E exatamente assim o encontra uma semana depois, à noite, no salão das flores. Acha natural ir até ele e saudá-lo. Deus sabe o porquê. O outro também não fica surpreso com isso, pergunta apenas:

— Está aqui com o Kranz?

— Kranz ficou de vir depois.

Pausa, e então:

— O senhor não acha Kranz simpático?

Thalmann acena para alguém no térreo e responde de passagem:

— Simpático, não é bem o caso. Ele entedia-me.

— E, no mais, o senhor nunca se entedia? — Tragy fica irritado com os modos depreciativos do outro.

— Não, não tenho tempo para isso.

— Não é estranho que esteja aqui?

— Como assim?

— E não se vem até aqui por puro tédio?

— Outros, talvez, eu não.

Tragy admira-se da própria tenacidade. Não desiste:

— Então o senhor tem interesses...?

— Não — diz o homem de preto.

— Mas?

Thalmann vira-se por um momento:

— Pena.
— De quem?
— Primeiro, do senhor. — E assim deixa Tragy para trás e prossegue, como da outra vez no Das Luitpold, tranquilamente. E às onze Ewald já está em casa, e dorme mal aquela noite.
No dia seguinte nevou. Todos estão felizes com o acontecimento, e os que se encontram nas ruas brancas sorriem uns para os outros: "Ela vai durar", dizem, satisfeitos. Ewald encontra Thalmann na esquina da Theresienstrasse, e caminham juntos um trecho adiante. Longo silêncio, até que Ewald começa:
— O senhor escreve, não é?
— Sim, isso também, ocasionalmente.
— Também? Então essa não é sua ocupação principal?
— Não...
Pausa.
— Então o que o senhor faz?
— Observo.
— Como?
— Observo e o resto: como, bebo, durmo, de vez em quando, nada de especial.
— Se poderia pensar que o senhor nunca para de fazer troça.
— Troça de quê?
— De tudo, de Deus e o mundo.
Então Thalmann não responde, mas sorri dizendo assim:
— E o senhor faz mesmo muitos poemas?
Tragy fica completamente rubro e emudece. Não consegue dizer palavra.
E Thalmann apenas sorri.
— O senhor considera isso uma vergonha? — expressa Tragy finalmente, sentindo frio.
— Não considero absolutamente nada como... algo. É somente... desnecessário. Mas, preciso subir.
E no portão:
— Adeus, e o senhor pode ter razão quanto ao fazer troça.

E agora Tragy está sozinho novamente. Precisa pensar no tempo em que tinha dez anos e saiu mimado de casa para viver entre a rudeza e a indiferença, e sente-se exatamente como naquela época, assustado, desamparado, incapaz.

É sempre o mesmo. Como se lhe faltasse alguma coisa para viver, algum órgão importante, sem o qual não se avança. Para quê, sempre, essas tentativas?

Ele chega em casa cansado como se viesse de um longo caminho, e não sabe o que fazer consigo mesmo. Remexe em velhas cartas e lembranças e também lê os poemas, os últimos, mais discretos, que nem mesmo o senhor Von Kranz conhece. E lá ele se encontra e se reconhece, aos poucos, traço a traço, como se estivesse estado ausente por muito tempo. E no primeiro momento de alegria escreve uma carta a Thalmann e transborda de gratidão:

"O senhor tem toda razão", diz, "eu me tornara tão falso e cheio de palavras vazias. Agora vejo e entendo tudo. O senhor me despertou de um sonho ruim. Como agradecer? Não saberia como, além de enviar-lhe estes poemas, o que possuo de mais caro e íntimo...".

E então Tragy leva carta e poemas ao seu destino, pois o correio subitamente lhe parece um meio inseguro. É tarde e ele precisa subir tateando no escuro quatro lances de escadas até o ateliê na Giselastrasse, onde mora Thalmann. Encontra-o escrevendo num buraco ridiculamente pequeno, que na verdade é apenas como uma moldura em torno da oblíqua e monstruosa janela que dá para o norte. Ali está aceso um velho candeeiro torto, tarde da noite, que não tem força para diferenciar as muitas coisas que estão espalhadas sem sentido.

Thalmann segura-as diante do rosto daquele que entra:

— Ah, é o senhor? — E oferece-lhe a própria cadeira. — Fuma?

— Não, obrigado.

— Não posso fazer-lhe um café. Não tenho mais álcool para acender o fogo. Mas, se quiser, pode beber comigo. — E coloca entre os dois uma velha xícara sem asa.

Está ali de braços cruzados, fumando, observando tranquilamente, completamente indiferente.
Tragy não consegue decidir-se.
— Quer dizer-me alguma coisa? — Thalmann bebe um gole de café e enxuga a boca com o dorso da mão.
— Trouxe-lhe algo... — encoraja-se Ewald.
O outro não se move:
— É mesmo? Deixe ali. Darei uma olhada em algum momento.
O que é?
— Uma carta... — hesita Tragy — e... talvez seja melhor lê-la agora, por favor.
Thalmann já havia aberto o envelope, assim, de uma só vez. Mantém o cigarro entre os dentes e lê superficialmente, pestanejando através da fumaça. Inquieto, Ewald levantou-se excitado e espera. Mas nada se modifica no rosto pálido daquele homem de preto, somente a fumaça parece-lhe incomodar muito. No final ele balança a cabeça:
— Bom...
E para Tragy:
— Vou-lhe escrever em algum momento o que acho das coisas, não gosto de falar esse tipo de coisa. — E termina de tomar o café num só gole.
Tragy se encosta na poltrona, sentado, e não quer ceder às lágrimas. Em sua fronte sente a tempestade que força entrada estendendo-se por sobre a superfície das enormes vidraças, vinda da noite lá fora.
Silêncio.
Então Thalmann pergunta:
— Sente frio? Está com calafrios, não?
Ewald balança a cabeça negativamente.
E novamente silêncio.
De vez em quando os vidros rangem baixinho, secretamente, quando o vento neles encosta, como pedaços de gelo antes de derreterem na água. E finalmente Tragy diz:

— Por que me trata assim? — Parece estranhamente doente e triste.

Thalmann fuma sem parar:

— Tratar? Chama isso de tratar? O senhor é realmente modesto. Estou-lhe mostrando com clareza suficiente que não pretendo absolutamente tratá-lo de alguma forma. Se o senhor quer que o considere, de uma maneira ou de outra, então precisa primeiro desacostumar-se com as palavras, as grandes palavras; essas eu não quero.

— Mas quem é o senhor? — grita Tragy, e salta em direção ao homem de preto, bem perto, como se quisesse bater-lhe na cara. Ele treme de raiva. — Quem lhe dá o direito de pisar nas minhas coisas?

Mas as lágrimas abalam a sua voz, dominam-no e tornam-no cego, fraco, desmancham seus punhos cerrados.

O outro o empurra afavelmente de volta à cadeira e espera. Num instante olha para o relógio e diz:

— Pare com isso agora. O senhor precisa ir para casa, e eu preciso escrever. É meia-noite. O senhor pergunta quem sou eu: sou um trabalhador, veja, um trabalhador com mãos feridas, um intruso, alguém que ama a beleza e é muito pobre para isso. Alguém que deve sentir que o odeiam, a fim de saber que não sentem pena dele... Bobagem, aliás.

E Tragy levanta os olhos, que estão quentes e secos, e fita o candeeiro. Logo ele se apagará, pensa, e se levanta e vai embora.

Thalmann ilumina-lhe a estreita escada. E Tragy tem a impressão de que ela não tem fim.

Tragy está doente. Por essa razão não pode se mudar e mantém seu quarto na Finkenstrasse até o dia 1º de janeiro. Está deitado no desconfortável sofá e pensa naquele jardim com vastos gramados descoloridos e nos montes, na direção dos quais se elevam as bétulas, discretas e tranquilas. Para onde? Para o céu. E subitamente lhe parece incrivelmente estranho imaginar uma bétula, uma jovem e esbelta bétula, em outro lugar que não o céu.

Com certeza, elas existem somente no céu, com certeza. O que fariam aqui embaixo? Imaginemos somente esses troncos largos e marrons — da mesma forma poderia haver estrelas no teto do quarto. Mas subitamente ele pergunta:

— O que você está colhendo, Jeanne?

— Estrelas.

Ele reflete um instante e então diz:

— Isso é bom, Jeanne, isso é muito bom.

E ele sente um bem-estar no corpo todo, até que uma dor forte na espinha o destrói. Esforcei-me demais, colhi flores a manhã inteira. Mas como pude? De manhã? Ridículo: dois dias, quinze dias, oh, sempre. Mas aí vem Jeanne pela alameda, por essa longa alameda de alamos. Finalmente ela está perto. Papoula, diz Ewald decepcionado. Papoula! Quem irá buscar papoula? Uma tempestade, e tudo se vai. Você verá. E depois? Sim, e depois?...

De repente Tragy senta, tem um sentimento obscuro de um jardim e quer lembrar-se: quando foi mesmo, ontem? E se atormenta: há um ano? E aos poucos vem-lhe à mente ter sido um sonho, só um sonho, portanto, absolutamente nada. Isso não lhe dá sossego.

— Quando há sonhos? — pergunta-se bem alto.

E conta ao senhor Von Kranz, que o visita ao entardecer, o seguinte:

— A vida é tão grande, mas só poucas coisas estão lá dentro, uma por eternidade. Isso amedronta e cansa, essas transições. Quando criança estive na Itália. Não me lembro muito. Mas lá no campo, quando se pergunta a um camponês, no meio do caminho: "Quanto tempo demora até a aldeia?". "*Un' mezz'ora*", diz ele. E o próximo, a mesma coisa, e o terceiro também, como se combinados. E caminha-se o dia inteiro e não se chega à aldeia. Assim é na vida. Mas no sonho tudo está muito perto. Não temos nenhum medo. Na verdade, fomos feitos para o sonho, não temos os órgãos necessários à vida, mas somos como peixes, que só pensam em voar. O que se há de fazer?

O senhor Von Kranz compreende-o muito bem e concorda:

— Esplêndido — ele ri —, realmente esplêndido. O senhor precisa dizer isso em versos, vale a pena. Faz bem o seu gênero...
E depois logo se vai; não se sente confortável em tais conversas e visita-o cada vez mais raramente. Tragy agradece-lhe por isso. Agora ele realmente vive no sonho e não gosta de ser incomodado; pois ele precisa contemplar o tristonho e cinzento dia lá fora e o quarto estranho, úmido, que teima em não se aquecer, e mesmo assim sente-se tão mimado por cores e festas. Somente as noites são ruins, terríveis. É quando lhe assaltam, debilitando-o, tormentos muito antigos, oriundos das muitas noites febris da infância: seus membros sobre uma pedra, o granito cinza pressiona suas mãos que a apalpam, de modo frio, duro, rude. Seu pobre corpo quente crava-se nesses rochedos, e seus pés são raízes e absorvem o frio, que sobe lentamente pelas veias paralisadas... Ou: a questão da janela. Uma pequena janela no alto, atrás da estufa. Ah!, seja como for, ninguém pode entender como é terrível essa janela. Atrás da estufa, uma janela, faça-me o favor. Não é terrível pensar que por trás ainda existe algo mais? Um quarto? Um salão? Um jardim? Quem sabe?
— Que isso não reapareça, doutor!
— Estamos nervosos — sorri o médico, parecendo bastante satisfeito. — Não devemos afligir-nos inutilmente. É uma febre baixa, que trataremos logo; e depois é preciso alimentar-se bem...
Ewald sorri às costas do velho senhor. Sente-se tão doente, doente de todo o coração, e tudo se adequa muito bem a isso. Esses turvos dias oníricos, que se encostam pesados nos vidros, e esse quarto, no qual o crepúsculo pousa sobre as coisas como uma poeira antiga, e aquele delicado odor desgastado que exala dos móveis e do assoalho, sempre, sempre.
E às vezes repicam grandes sinos em algum lugar, que ele antes nunca ouvira, e então junta as mãos sobre o peito, fecha os olhos e sonha que velas queimam em suas cabeças, sete velas altas com chamas quietas, vermelhas, ali, como flores naquela solene tristeza.
Mas o velho senhor tem razão: a febre passa, e de repente Tragy não encontra mais os sonhos. A nova força descansada move-se

impaciente em seus membros e tira-o da cama, quase contra a sua vontade. Por um momento, ele ainda representa estar doente, mas ocasionalmente encontra-se sorrindo, e por nenhuma outra razão senão porque um acaso detém o dia de inverno por um instante no sol, de forma a cintilar e vibrar por todos os lados. E isso é um sintoma, esse sorriso.

    Ele ainda não deve sair ao ar livre, e portanto senta-se no quarto e espera. Agora tudo está apropriado para deixá-lo alegre; cada som que chega de fora é acolhido como um trovador que vai contar alguma história. E Tragy gostaria de receber uma carta, uma carta qualquer. E que um dia o senhor Von Kranz bata à porta. Mas os dias passam. Lá fora neva, e os barulhos perdem-se na neve funda. Não há carta, nem visita. E as noites não têm fim. Tragy tem a impressão de ser alguém esquecido, e ele começa a mover-se involuntariamente, a chamar, a se fazer notado. Escreve: para casa, ao senhor Von Kranz, a todos que lhe são casualmente conhecidos; envia até algumas cartas de recomendação trazidas de casa, que até então não tinha utilizado, e espera que lhe respondam com convites. Em vão. Permanece esquecido. Ele pode chamar e dar sinais. Sua voz não alcança lugar algum.

    E justamente nesses dias é enorme sua necessidade de solidariedade; Tragy crescendo neles e torna-se uma sede impetuosa e seca, que não o humilha, mas o torna amargo e obstinado. Subitamente reflete se não poderia exigir de alguém o que pede em vão do mundo inteiro, exigir como um direito seu, como uma antiga dívida que se cobra com todos os meios, sem escrúpulos. E ele exige de sua mãe: "Venha, dê-me o que a mim pertence".

    É uma carta longa, muito longa, e Ewald escreve noite adentro, cada vez mais rápido e com as faces cada vez mais quentes. Ele começa a exigir um dever e, antes de sabê-lo, pede por clemência, por um presente, calor e ternura. "Ainda há tempo", escreve ele, "ainda sou maleável e posso ser como cera em suas mãos. Pegue-me, dê-me uma forma, acabe de me fazer...".

    É um grito por maternidade, que vai muito além de uma mulher, vai até aquele amor no qual a primavera se torna alegre e despreocupada. Essas palavras não encontram ninguém mais, elas se precipitam de braços abertos sol adentro. E então não é absolutamente surpreendente que Tragy por fim reconheça que não há ninguém a quem ele possa mandar aquela carta, e que ninguém o compreenderia, muito menos aquela dama esbelta e nervosa. Ela fica orgulhosa quando a chamam de "senhorita" no estrangeiro, pensa Ewald, e sabe: é preciso queimar essa carta depressa.

Espera.

Mas a carta arde bem lentamente numa infinidade de chamas pequeninas e trêmulas.

Wladimir, o pintor de nuvens
(1899)

Eles estão de novo bem no fundo do poço, sentindo-se supérfluos, renegados, enganados em todos os sentidos. Cada um começa por si mesmo e despreza tanto o que está em cima quanto o que está embaixo.

Impelido por essa sensação, o barão diz:

— Não se pode mais vir a este café. Não há jornais, não há atendimento, nada.

Os outros dois concordam plenamente.

E assim permanecem sentados em torno da mesinha de mármore, que não sabe o que essas três pessoas querem com ela. Elas querem paz, simplesmente paz. O poeta expressa isso tão clara quanto onomatopeicamente.

— Besteira — diz ele, meia hora depois.

E de novo os outros compartilham da mesma opinião.

Continuam a esperar, Deus sabe o quê.

Uma das pernas do pintor começa a balançar. Ele a observa por um instante, pensativo. Então entende o movimento e começa, devagar e com sensibilidade:

— Estupidez, estupidez, és a minha diversão...

Mas já é hora de partir. Sai um após o outro, colarinho em riste. Aliás, o tempo também deixa a desejar. Eles têm vontade de chorar.

O que fazer? Única saída: ir no crepúsculo até a casa de Wladimir Lubowski. Naturalmente. Então, adiante: Parkstrasse 17. Prédio do ateliê dele.

Só se chega a Wladimir Lubowski através de suas obras. Aliás, ele fuma quando pinta os seus quadros. Todo o ateliê é tomado pela fumaça fantástica. Você pode se dar por satisfeito quando, através dessa névoa primeva, encontra, pelo caminho mais curto, o velho e puído sofá onde habita Wladimir — dia após dia.

Hoje também, é claro. Ele não se levanta e espera com calma os três "enganados". Sentam-se ao seu redor, cada um a seu modo e com sua disposição. Em algum lugar acharam *chartreuse* verde e cigarros. Claro que fazem uso deles, com a expressão de pessoas que se sacrificam continuamente. Os cigarros são até delicados: Deus, o que não se faz por esta vida miserável!

O poeta encosta-se na cadeira:

— Ou não seria a vida uma obra malfeita, algo para diletantes, não acham?

Wladimir Lubowski não responde.

Os outros esperam de bom grado. É um prazer tão estranho e bom nesta escuridão aromática. Não é preciso fazer nada a não ser ficar quieto, e então ela nos recebe e começa a nos embalar.

— Como consegue, Lubowski? Aqui não se sente o cheiro de aguarrás — diz o pintor, e o barão completa:

— Pelo contrário. Você tem flores em algum lugar?

Silêncio. Wladimir se mantém bem atrás de suas nuvens.

Mas os três são pacientes. Têm tempo e *chartreuse*.

Estão acostumados: é esperar que virá.

E vem:

Fumaça, fumaça, fumaça, então palavras amáveis e lentas, que andam pelo mundo e admiram as coisas de longe. As nuvens as levantam. As nuvens as elevam. Muitas ascensões secretas.

Por exemplo:

Fumaça. — É o que acontece: as pessoas sempre desviam o olhar de Deus. Procuram-no na luz, que é cada vez mais fria e nítida, lá em cima. — Fumaça. — E Deus espera em outro lugar — espera — bem no fundo de tudo. Profundamente. Onde as raízes estão. Onde é quente e escuro... — Fumaça.

De repente, o poeta começa a andar de um lado para o outro.

Os três pensam neste Deus que mora em algum lugar atrás das coisas — em algum lugar fantástico...
E mais tarde:
— Ter medo...? — Fumaça. — Para quê? — Fumaça.
— Sempre estamos sobre Deus. Como um fruto, sob o qual alguém segura um belo vaso. Dourado, brilhando no caramanchão. E, quando está maduro, o fruto cai...
Então o pintor rasga a fumaça, assim, com um movimento impetuoso:
— Meu Deeeus — diz ele, e encontra na *chaise-longue* uma pessoa pequena e pálida, que tem olhos grandes e estranhos. Olhos, com eterna tristeza atrás de todo brilho, tão femininamente contente. E mãos bem frias.
E o pintor permanece irresoluto, ali em frente. Já não sabe direito o que queria.
É bom que o barão intervenha:
— Você precisa pintar isto, Lubowski — o quê, o barão não sabe ao certo. Mesmo assim, repete: — Claro que sim, Lubowski. — E isso soa quase como uma concessão, sem que ele queira.
Wladimir entretanto havia feito um longo caminho: do susto passando por um obscuro espanto. Finalmente chega a um sorriso e sonha baixinho:
— Ah, sim, amanhã.
Fumaça.

Então os três não têm mais espaço no ateliê. Um esbarra no outro. Todos se vão:
— Até logo, Lubowski.
Na próxima esquina já se apertam as mãos com desnecessário vigor. Eles têm pressa de se verem livres um do outro.
Separam-se.
Um pequeno e agradável café. Ninguém lá dentro e candeeiros acesos. Então o pintor começa a escrever versos no envelope de uma

carta recebida. E cada vez mais rápida torna-se a caligrafia, e cada vez menor; pois ele sente: virão muitos, muitos.

Cinco lances de escadas acima, no ateliê do pintor prepara-se o amanhã. Com uma canção, sopra o pó do cavalete, o velho pó. Há uma nova tela, como uma clara fronte. Dá vontade de abraçá-la.

Somente o barão ainda está a caminho.

— Dez e meia, Teatro Olympia, porta lateral! — confiou a um cocheiro, e continuou calmamente. Há ainda bastante tempo para descansar e fazer a toalete.

Nenhum deles pensa em Wladimir Lubowski.

Wladimir trancou a sua porta e esperou escurecer por completo. Então senta-se, encolhido, na beira da *chaise-longue* e chora nas mãos brancas e geladas. O choro lhe vem fácil e discreto, sem esforço e sem emoção. É a única coisa que ainda não revelou, que pertence somente a ele. Sua solidão.

Aula de ginástica
(1899)

Colégio militar de St-Séverin. Ginásio. A turma está de pé, vestida com uniformes claros e grossos, ordenada em duas filas, sob grandes lampiões de gás. O professor de ginástica, um jovem oficial moreno de expressão sisuda e olhos sarcásticos, determinou flexões e agora distribui os grupos.

— Primeira turma barra fixa, segunda turma paralelas, terceira turma cavalete, quarta turma escalar! Começar!

E rapidamente, sobre os leves sapatos isolados com breu, os rapazes se dispersam. Alguns permanecem parados no meio da sala, hesitando, como que insatisfeitos. Trata-se da quarta turma, os maus ginastas, que não têm prazer no movimento com os aparelhos e já ficam cansados, confusos e ofegantes depois de vinte genuflexões.

Apenas um, que normalmente era o último de todos em tais ocasiões, Karl Gruber, já se encontra nos mastros, colocados num canto da sala um tanto crepuscular bem junto aos nichos onde estão pendurados os casacos do uniforme. Ele pega a vara mais próxima e puxa para a frente com uma força incomum, de modo que ela balança livremente no local apropriado para o exercício. Gruber nem sequer tira as mãos dela, salta e fica pendurado na vara, a alguma altura, com as pernas involuntariamente enroscadas no fim do aparelho, o qual antes nunca conseguia alcançar. E assim ele espera a turma e observa com especial prazer, como parece, o espantado dissabor do pequeno suboficial polonês, que grita para que desça. Mas Gruber desta vez chega a ser até mesmo desobediente, e Jastersky, o suboficial louro, finalmente grita:

— Bem, Gruber, ou você desce daí ou sobe até o fim! Caso contrário faço um comunicado ao primeiro-tenente...

E então Gruber começa a subir, a princípio com grande precipitação, movimentando pouco as pernas e dirigindo o olhar para cima, avaliando com um certo medo o imenso pedaço de mastro que ainda tem de escalar. Então seu movimento se desacelera; e como se desfrutasse de cada avanço como algo novo, agradável, Gruber empenha-se para ir mais alto do que alcança habitualmente. Não nota alteração do suboficial, já irritado, sobe e sobe, o olhar sempre dirigido para cima, como se houvesse descoberto uma saída no teto da sala e se esforçasse em alcançá-la. Toda a turma acompanha-o com os olhos. E também dos outros grupos alguns já atentam para aquele ginasta, que normalmente, arfando, com rosto vermelho e olhos faiscantes de raiva, mal galgava o primeiro terço do mastro.

— Muito bem, Gruber! — grita alguém da primeira turma. É quando muitos dirigem seus olhares para o alto, e por um instante faz-se silêncio na sala. Mas justamente nesse momento, quando todos os olhares estão colados na figura de Gruber, lá em cima, sob o teto, ele faz um movimento, como se quisesse afastá-los; e como evidentemente não consegue, segura todos esses olhares no alto, nos ganchos de ferro, e desliza pelo mastro liso, de modo que todos ainda olham para cima, quando há muito, cambaleante e suado, já se encontra embaixo e olha para as ardentes palmas de suas mãos, com uma estranha ausência de brilho nos olhos. Então um ou outro colega junto dele pergunta-lhe o que acontecera.

— Será que você quer ir para a primeira turma? — Gruber ri e parece querer responder algo, mas pensa melhor e baixa os olhos com rapidez. E então, uma vez que continuam os ruídos e os zunidos, ele se retira discretamente para o nicho, senta-se, olha temeroso a seu redor e respira fundo, duas vezes bem rápido, e ri de novo e quer dizer alguma coisa... mas ninguém mais o nota. Apenas Jerome, que também é da quarta turma, vê que ele observa novamente as suas mãos, curvado por completo sobre elas, como alguém

que, a pouca luz, quer decifrar uma carta. Depois de um instante, aproxima-se dele e pergunta:
— Você se machucou?
Gruber sobressalta-se.
— O quê? — diz, com a sua voz habitual, mergulhada em saliva.
— Mostre-me! — Jerome pega uma mão de Gruber e a inclina em direção à luz. A palma da mão está um pouco ferida.
— Olhe, tenho algo para isso — diz Jerome, que sempre recebe de casa emplastro inglês. — Procure-me depois.

Mas é como se Gruber não tivesse ouvido; ele olha reto para a sala, mas de tal forma que é como se visse algo indefinido, talvez não na sala, fora talvez, para além das janelas, embora esteja escuro, tarde e seja outono.

Neste momento, o suboficial, com seus modos arrogantes, grita:
— Gruber!

Gruber permanece imóvel e somente seus pés, estendidos diante de si, escorregam um pouco para frente, inclinados e desajeitados, no liso parque.

— Gruber! — urra o suboficial, quando a voz falha. Então espera um instante e diz rápido e rouco, sem olhar para quem foi chamado: — Apareça depois da aula. Vou-lhe ensinar...

E a aula continua.

— Gruber — diz Jerome, e se inclina até o colega, cada vez mais encostado para dentro do nicho —, é a sua vez de subir de novo; vá lá, tente, senão Jastersky vai inventar uma história qualquer, você sabe...

Gruber faz que sim. Mas, em vez de levantar-se, ele subitamente escorrega pelas palavras de Jerome, como se uma onda o carregasse, para longe, escorrega lenta e silenciosamente cada vez mais, mais, escorrega do assento, e Jerome só sabe o que está acontecendo quando ouve a cabeça de Gruber bater contra a madeira do assento para depois cair para frente...

— Gruber! — grita ele, rouco. Primeiro, ninguém nota. Jerome fica desesperado, mãos para baixo, e chama: — Gruber, Gruber! — Não tem a ideia de levantar o colega. Então leva um empurrão, e alguém lhe diz:
— Pateta — um outro empurra-o, e ele os vê levantando o inanimado. Levam-no dali para algum lugar, provavelmente para o aposento ao lado. O primeiro-tenente precipita-se. Em voz alta e dura, dá ordens muito breves. Seu comando corta nitidamente o zum-zum-zum dos muitos rapazes tagarelas. Silêncio. Apenas aqui e ali percebem movimentos, um aparelho que balança, um discreto salto, um riso atrasado de alguém que não sabe do que se trata. Depois, perguntas apressadas:
— O quê? O quê? Quem? Gruber? Onde?
E cada vez mais perguntas. Então alguém diz em voz alta:
— Desmaiou.
E o suboficial Jastersky, com a cara enrubescida, vai atrás do primeiro-tenente e grita, com a sua voz maliciosa, tremendo de raiva:
— Um fingido, tenente, um fingido!
O primeiro-tenente não repara nele. Olha reto, mordisca o bigode, que faz com que o queixo proeminente apareça ainda mais pontudo e enérgico, e segue dando ordens curtas. Os quatro alunos que carregam Gruber e o primeiro-tenente desaparecem no aposento. Logo em seguida voltam os quatro. Um empregado atravessa a sala. Grandes olhos são dirigidos aos quatro, acossados por perguntas:
— Como está ele? O que aconteceu com ele? Já voltou a si?
O fato é que nenhum deles sabe coisa alguma. O primeiro--tenente ordena à sala que a ginástica deve continuar e passa o co-mando ao segundo-sargento Goldstein. Recomeça então a ginástica, nas paralelas, nas barras, e os gordinhos da terceira turma arrastam-se com as pernas abertas por cima do cavalete alto. Mas todos os movimentos são diferentes de antes, como se todos estivessem ocupa-dos em captar algum som. Os balanços na barra interrompem--se subitamente, e nas paralelas são feitos apenas pequenos exercícios. As vozes estão menos confusas, e o seu zunido ressoa mais delicada-

mente, como se todos sempre dissessem apenas: *"zzz zzz zzz..."*. O pequeno e astuto Krix, entretanto, espreita à porta do aposento. O suboficial da segunda turma expulsa-o de lá, ameaçando-o com uma palmada no traseiro. Krix dá um salto para trás, felino, com os olhos perfidamente ofuscantes. Já sabe o suficiente. E depois de um instante, quando ninguém o observa, ele informa a Pawlowitsch:

— Chegou o médico do regimento.

Mas todos conhecem Pawlowitsch; com toda a sua impertinência, como se alguém lhe houvesse dado uma ordem, ele atravessa a sala, passando por todas as turmas, e diz em voz um tanto alta:

— O médico do regimento está lá dentro.

E parece que também os sargentos se interessam por essa notícia. Cada vez mais os olhares se dirigem à porta, cada vez mais lentos tornam-se os exercícios; e um baixinho de olhos pretos se acocora em cima do cavalete e fita boquiaberto o aposento. Alguma coisa paralisante parece existir no ar. Os mais fortes, da primeira turma, ainda chegam a fazer algum esforço, precipitam-se, giram as pernas; e Pombert, o robusto tirolês, dobra o braço e observa seus músculos, que se manifestam largos e rígidos através do uniforme grosso. O pequeno e elástico Baum chega até a fazer alguns giros com os braços, e de repente este movimento brusco é o único em toda a sala — um grande círculo vibrante, que tem algo de sinistro em meio ao silêncio geral. E com um pequeno pulo o baixinho põe-se de pé, ajoelha-se, mal-humorado, e faz uma cara de quem despreza todos. Mas os seus olhos pequenos e apáticos também acabam por prender-se na porta do aposento.

Então ouve-se o zumbido das chamas do gás e o tique-taque do relógio na parede. E bate o sino que avisa a hora da saída. Hoje o seu som parece estranho e singular; ele para também muito repentinamente, interrompe a própria palavra.

O sargento Goldstein, porém, conhece o seu dever. Diz:

— Alinhar-se!

Ninguém o ouve. Ninguém é capaz de lembrar que sentido essa palavra tinha antes. Quando, antes?

— Alinhar! — grasna zangado o sargento, e em seguida os outros oficiais repetem o seu grito:
— Alinhar!
E algum aluno diz como se dissesse para si mesmo, como no sono:
— Alinhar! Alinhar!
Mas no fundo, todos sabem que ainda devem esperar alguma coisa. É quando se abre a porta do aposento; um instante, nada; então aparece o primeiro-tenente Wehl, e seus olhos estão grandes e irados e seus passos são firmes. Ele marcha como em desfile e diz com voz rouca:
— Alinhar!
Com uma rapidez indescritível, todos se encontram enfileirados. Ninguém se move. Como se ali em frente estivesse um marechal. E, então, a ordem:
— Atenção!
Uma pausa, e continua seca e duramente:
— O colega Gruber acaba de morrer. Ataque cardíaco. Marche!
Pausa.
E só depois de um momento, tímida e discreta, a voz do aluno em serviço:
— Esquerda! Marche! Companhia, marche!
Lentamente, e a passos soltos, a classe se dirige à porta. Jerome é o último. Ninguém olha em volta. O ar do corredor sopra, frio e úmido, contra os rapazes. Alguém sente o cheiro de fenol. Em voz alta, Pombert faz uma brincadeira vulgar a respeito do mau cheiro. Ninguém ri. De repente, Jerome sente-se preso pelo braço, como se assaltado. Krix segura-o. Seus olhos brilham e seus dentes cintilam, como se quisesse morder.
— Eu o vi — sussurra ofegante e aperta o braço de Jerome, e o riso está embutido nele. Balança-o de um lado para o outro. Ele quase não pode avançar. — Está completamente nu, mole e esticado. E tem um selo na sola do pé...
E então solta risadinhas, cáustico e débil, solta risadinhas e morde a manga da camisa de Jerome.

Os últimos
(1901)

*Ao príncipe e à princesa
de Schönaich-Carolath
zu Haseldorf*

UMA CONVERSA

Não é difícil imaginar quadros na sala: quadros profundos, sonhadores, em inertes molduras. Um Giorgione, talvez, ou um retrato de cor púrpura escura pintado à Ticiano, por exemplo, por Paris Bordone. Sabe-se também que há flores. Flores grandes, espantadas, que ficam mergulhadas o dia inteiro em vasos de bronze frescos e fundos e entoam aromas: ociosas flores.

E ociosas pessoas. Duas, três ou cinco. A luz escapa de vez em quando da enorme lareira e começa a contá-las. Mas sempre volta a se enganar.

Bem em frente da lareira está encostada a princesa, vestida de branco, ao lado do grande samovar, que quer captar todo aquele brilho. Ela é como um livre esboço de cores, pincelada assim na tormenta de uma ideia ou de um estado de espírito. Jogo de sombras e luz, pintada a partir de uma impaciência genial qualquer. Apenas os lábios são delineados mais cuidadosamente, como se todo o resto existisse por causa dessa boca. Como se houvessem feito um livro para escrever, numa das cem páginas, uma silenciosa elegia a esse sorriso.

Ao lado dela, um senhor de Viena inclina-se um pouco para frente na poltrona de tapeçaria Gobelin:

— Alteza — diz ele, e mais alguma coisa a seguir que a ele mesmo parece não ter importância. Mas as suaves palavras que nada significam passam por todos, como um sopro quente, e alguém diz, agradecido:

— Falar alemão é quase como silenciar.

Então tem-se novamente um pouco de tempo para refletir que ali há quadros, e que quadros. Até que o conde Saint-Quentin, junto à lareira, pergunta:

— Viu a Madona, Helena Pavlovna?

A princesa baixa a fronte.

— Não a comprará?
— É um bom quadro — diz o senhor de Viena, e mergulha o rosto nas mãos delicadas, afeminadas.
E um pintor alemão, sentado em algum lugar no escuro, acrescenta apressadamente:
— Sim, seria possível tê-lo por perto. Quero dizer, na sala de estar, coisa assim.
E depois que suas palavras se perdem por completo, inclina-se Helena Pavlovna:
— Não — diz ela, e com tristeza: — Seria preciso construir um altar para ele.
Suas palavras tocam fundo no salão, como se procurassem algo. Pausa. É quando a princesa esboça um pequeno movimento inquieto e quer ajudá-las a encontrar.
— Kasimir, devo comprar a Madona?
De longe vem uma voz inteiramente eslava, admirada.
— Pergunta a mim?
Pausa.
E Helena Pavlovna pede desculpas:
— Você não é artista?
Resposta:
— Às vezes, Helena Pavlovna, às vezes...
Se o relógio de prata não houvesse soado agora, o pintor alemão teria respondido: "Mas...", só que o relógio prateado soou bastante de uma só vez, e então ele desistiu. Principalmente porque o conde de Saint-Quentin disse:
— Aliás, é seu primeiro inverno em Veneza, Helena Pavlovna?
— Sim, mas imagino que jamais tenha sido diferente.
— Estranho. Esses velhos palácios são tão comoventes na sua familiaridade. Encerram muitas lembranças. Às vezes é como se as compartilhássemos com eles, concorda? — Assim fala o senhor de Viena, fechando os olhos.
Ele então não vê que Helena Pavlovna sorri enquanto complementa:

— Tem razão. E não é possível entender que não se passou a infância aqui. Muitas vezes na rua ou em jardins ao cumprimentar alguém, precisei lhe contar: "Foi aqui que sempre brinquei quando criança". Ou: "Nesta igreja sempre vim rezar diante deste quadro" — mentiras, somente mentiras.

Então se aproxima tristemente a voz de Kasimir:
— E mesmo assim nunca chamou ninguém, Helena?
— Ah, quem teria acreditado em mim, Kasimir?
Pausa.
E, discretamente, o conde de Saint-Quentin reflete:
— Não seria permitido mentir em tais casos?
— Por nostalgia, simplesmente — reitera o senhor de Viena.
— Por beleza — sente o conde de Saint-Quentin.
— Não prejudica mesmo ninguém — pondera o pintor alemão, e se levanta bruscamente.

Então Kasimir começa:
— Mas ainda assim é falso aquilo que se viveu. O senhor acredita, conde, que foi garoto na Vendée, bravo e impetuoso? Acha que foi Viena que o envolveu em seu primeiro despertar? E o senhor sabe que essa planície da qual tantas vezes fala foi realmente o pano de fundo de todas as histórias? Este castelo, diga-me, e essa cidade e seus campos não eram, isto sim, os limites daquela terra na qual o senhor vivia profunda e intimamente? Diga-me: sua propriedade não terminava onde a outra começava? O seu sol não se punha quando o senhor sentia o toque da verdadeira luz? As criaturas silenciosas não morreram no senhor a cada palavra que, por exemplo, o seu pai lhe dizia? E as coisas? As coisas não perdiam seu valor no momento em que o senhor reconhecia que elas não lhe pertenciam unicamente, mas que estavam assim à disposição, de forma que cada um podia tocá-las e usá-las como bem entender? Pense nisso, por favor. Pense se não trocamos por notas de banco todo o legítimo ouro que temos. Não é? E, por fim, só temos uma porção de papéis em vez dos valores. E se hoje ou amanhã vem a grande queda, então viramos mendigos. Não é assim?

Pausa.

E então Helena Pavlovna:

— Parece-me que não trocou todo o ouro, Kasimir.

— Talvez, Helena Pavlovna, não o tenha feito. Mas deve saber que esse ouro na vida não tem validade. Ele está fora de circulação. É preciso ter notas, e muitas.

Isso torna impaciente o pintor alemão:

— Sim, sim... — diz ele — ...é o que se ouve mais uma vez. Vocês são uns pessimistas, vocês, eslavos, pessimistas incuráveis. Nós ultrapassamos isso: amamos a vida, e nossa arte dela se eleva.

Ele dá alguns passos até a janela e acrescenta de lá, em voz um pouco mais branda:

— Mas penso que os senhores precisam dar-me razão. O senhor, conde; pois justamente os franceses nos ensinaram algo que diz respeito à vida. Não? Bem, e vocês em Viena...

— Sim, sim — responde devagar o senhor de mãos delicadas —, é verdade, nós em Viena gostamos de fazer de conta que temos tudo... vida... e arte e...

E o conde de Saint-Quentin beberica o seu chá e está tão ocupado com a delicada xícara que não chega a responder. Ao pousá-la, ela vibra um instante.

Mas o pintor alemão se irrita. Sente-se abandonado e acha que deve salvar sua causa a qualquer preço. Então começa:

— É por isso que na verdade vocês não têm arte, vocês polacos e os outros. Bem, no que diz respeito à literatura ou coisa parecida, pode ser. Com as dores do mundo deve-se poder fazer belos poemas, músicas sentimentais, hum, Chopin, Tchaikóvski, claro. Mas disso nada entendo. Quanto à pintura, quero dizer, a moderna...

— Ah, veja o Wereschtschagin...

O pintor repudiou.

— Ou os retratos: temos agora Pochwalski em Viena — o vienense esforça-se em abafar a rude afirmação do outro. Ele ainda quer demonstrar alguma amabilidade, e suas mãos tremem por isso.

Mas aí então Kasimir diz:

— O senhor tem toda razão. Não temos arte.
— Não esqueça o seu *Pan Tadeusz* — adverte o conde de Saint-
-Quentin.
— Penso justamente nele. E nos grandes russos. E em Tetmajer e nesses jovens e bons poetas que tanto embelezam a doença. Como vê, penso em muitos. E é quando descobrimos que temos "artes", não uma arte. Muitos desejos e nenhuma realização. Talvez com os alemães seja diferente, não sei. Mas então os alemães devem ser muito felizes...

A princesa se afastou da lareira. Seus olhos clamam na escuridão.

E o pintor alemão pressente: agora vai começar uma dessas conversas que não levam a nada. É um jeito horrível de ser, esse de ser obrigado a ser espirituoso. E todas as coisas são tão claras enquanto não remexemos nelas.

E silencia para não estender mais o assunto.

Caso o senhor de Viena não houvesse perguntado "O que quer dizer com isso?", o assunto estaria encerrado. Mas é claro que pergunta:

— O que quer dizer com isso?

Kasimir não se apressa em responder, e a princesa Helena Pavlovna tem tempo de cruzar as mãos.

Então recomeçam a surgir da escuridão mansas palavras. Vez ou outra percebe-se um passo, como se o polonês quisesse acompanhar um pouco até a sala alguma palavra mais tímida. Mais ou menos assim:

— Já falamos disso antes. Pois arte é infância. Arte significa não saber que o mundo já existe, para criar um. Não destruir o que se encontra, mas simplesmente não achar nada pronto. Puras possibilidades. Puros desejos. E de repente ser plenitude, ser verão, ter sol. Sem que se fale sobre isso, involuntariamente. Jamais concluir. Jamais ter o sétimo dia. Jamais ver que tudo é bom. Insatisfação é juventude. Deus era muito velho no início, creio. Senão não teria parado na noite do sexto dia. Nem do milésimo. Nem hoje. É o que tenho contra Ele. Ter podido esgotar-se. Ter achado que seu livro estaria terminado com o

Homem e então encostado a pena, esperando para saber quantas edições terá. É tão triste que não tenha sido artista. Que apesar de tudo não tenha realmente sido artista. Deveríamos chorar por isso e perder a coragem para tudo...
Então interrompe o relógio de prata, alto, hesitando, com um pequeno tremor na voz.
Deixam que termine de falar, e depois dele retoma o polonês, espontaneamente mais discreto e aconchegante.

— Uma canção, imagine, um quadro que você reconhece, um poema que gosta, tudo isso tem o seu valor e o seu significado. Quero dizer para quem o faz pela primeira vez e para quem o faz pela segunda: para o artista e para o verdadeiro contemplador. Pois é assim: o escultor, por exemplo, cria para si a sua estátua, somente para si; mas (e este é o acréscimo de seu trabalho) ele cria além disso um espaço para ela no mundo, ao lado das outras coisas; e só quem é capaz de repetir a obra, com a própria força, dentro desse espaço, possui sua criação de fato e no espírito...

A brasa da lareira começa a extinguir-se. Por trás da grade dourada, as achas de pinhão caem e viram cinza. É um alvoroço, como se desmoronassem fantásticos palácios.

E junto com a escuridão o polonês se aproxima, trazendo suas palavras cada vez mais discretas. São como crianças a quem se pede para expressar seus desejos: tímidas e bonitas.

— Então essas coisas, canção e poema e quadro, são diferentes das outras coisas. Veja isso com benevolência, por favor. Elas não são. *Elas se fazem sempre de novo.* É por isso que dão alegria, uma infinita alegria. Esse poder. Essa consciência de que existem inesgotáveis tesouros, que normalmente não vêm de lugar algum, só delas mesmas. É por isso que levam para o alto. Sim, fazem isso. Levam-nos, para cima, até Deus.

O conde de Saint-Quentin faz um movimento como se quisesse arrumar espaço para uma palavra.

O vienense também está à beira da palavra. Lê com esforço as suas mãos.

Mas Kasimir não nota nada disso. Tampouco que o pintor alemão está ocupado em montar seus dedos no pequeno elefante de ébano e ensiná-lo a cavalgar. Passatempo lamentável. Como no campo em tempo chuvoso, mais ou menos assim.

Enquanto isso Kasimir há muito começou; vê-se agora os seus olhos sombrios despertarem:

— Helena Pavlovna — e agora diga a senhora mesma, por favor, isso não é desesperador? Somente até Deus. Nunca através Dele. Nunca para além Dele. Como se Ele fosse um rochedo. Mas é um jardim, se é que se pode dizer assim, ou um mar ou uma floresta, uma floresta enorme...

E todos escutam a floresta. A princesa inclina-se, inclina-se muito para frente, em direção ao polonês. Como se quisesse só para si todas as suas palavras, todas — inclusive estas seguintes:

— O que então se deve fazer, Helena, para que não seja assim tão triste? Tão absurdamente triste? Agora diga-me, Helena. Diga, eu escuto, diga exatamente isto, Helena, só que melhor, com mais brilho do que sou capaz: deve-se, diga, deve-se começar onde Deus parou, quando ficou cansado — é lá que se precisa começar. E onde fica esse lugar, Helena, diga-me? Na vida, no Homem. Não nas multidões, mas naquele *indivíduo único* que se aproxima de nós vindo da eternidade. Que nos traz tudo aquilo de que ainda precisamos para nunca sofrermos privações, para poder começar sem preocupação, incansavelmente; pois isso não pode ser, Helena, como uma visita fugaz que uma pessoa faz à outra. E o mundo passa indiferente por isso. Precisa ser uma festa, um júbilo, ilimitado júbilo. Achou uma imagem para isso, Helena, assim: dois capitães que se encontram no alto. Numa terra luminosa. Em Jerusalém talvez, no Egito ou às margens do Ganges. Cada qual com o seu exército atrás de si — e cada exército sendo metade do mundo...

Foi quando se ergueu Helena Pavlovna. Alta. Silêncio. Duas pessoas, uma em frente à outra. Dois reis. Por um momento, é como se estivessem em Jerusalém ou às margens do Ganges. E também se erguem as chamas atrás das grades douradas, espalhando seu brilho.

O conde de Saint-Quentin deixou o seu lugar à lareira e está prestes a se retirar discretamente. O vienense levantou-se devagar e também o pintor alemão logo entendeu: era hora de levantar-se. Está absolutamente admirado. Pois ainda se falava de arte — estranho. E então se senta, mais uma vez, com um certo alívio. É preciso falar, pensa, por Deus, rápido, é preciso falar. Qualquer coisa. Faz um esforço monstruoso. Nada lhe vem à mente, a não ser o pobre elefantinho de ébano, o qual adestrou no último quarto de hora; mas não é mesmo possível de repente passar a falar desse elefante: oh, meu Deus...

Então ele ouve o conde de Saint-Quentin dizendo em francês:

— Queira desculpar, Helena Pavlovna, se sou o culpado por essa retirada... — e o delicado pêndulo ampara o seu compatriota. Ele badala uma hora que não finda, durante toda a despedida, de forma que ninguém tem o que dizer.

Nem Kasimir. Não é possível ver seu rosto nem saber se está pálido. Mas seus olhos devem estar cansados. É a sensação que se tem. E sua mão treme e pesa. Ele se inclina, se inclina bem diante da princesa, bem profundamente. Então se vai, como alguém que não voltará a um local apreciado. Hesita a cada passo. Fita o rosto de todas as coisas com olhar grave. Atento. Para realmente saber como foi tudo.

Helena Pavlovna permanece diante da lareira apagada. Escuta somente o pequeno relógio de prata que faz tique-taque, ofegante, ofegante, como se perseguisse um segundo que é muito, muito mais rápido. E então a princesa estende a mão para a lareira em busca de um velho sininho de ouro, em cuja alça estão gravadas minúsculas imagens.

Helena Pavlovna ordenará luz, muita luz.

O AMANTE

Hermann Holzer anda pelo seu longo e estreito quarto e fala há meia hora. Há igual tempo Ernst Bang está sentado no velho sofá de estudantes e o observa. Vez por outra levanta um pouco a cabeça, como se para olhar por cima das palavras do outro, pois elas não lhe interessam particularmente. Parece-lhe visivelmente mais importante o rapaz louro de ombros largos que sempre vai e volta no mesmo lugar e cujos passos dão a impressão de escalar uma colina. Gostaria de pedir-lhe: por favor, pare um pouco, a fim de que eu possa ver seu queixo melhor, e sua boca...

É claro que não faz isso, mas mesmo assim Hermann Holzer para, recolhe-se diante da estreita janela e cobre o céu com as costas negras, as chaminés e toda a tarde de domingo. Por trás dele, o quarto escurece. E ele diz:

— Com os diabos aquele exame. Acho que já estou realmente nervoso. Começo a concorrer com você, caro Bang. E atenção: quando fico nervoso, então é para valer, como tudo na vida. Então você ficará minúsculo comparado a mim. — E se vira tão rapidamente que puxa com o seu sorriso um bom pedaço de luz para dentro da fumacenta mansarda.

Bang senta-se como se estivesse assustado. É muito magro e veste-se com trajes da moda. Agora examina devagar sua mão esquerda e depois, a direita. Com um certo interesse, como se aquilo significasse um reencontro após longa ausência.

Holzer recomeça a andar pelo quarto.

— Hoje também precisa chegar a resposta dos Holms, se tenho perspectiva de dar aulas particulares. Disso depende muita coisa. Sem esse complemento, não posso pensar em me casar.

Bang esboça um movimento sonoro. Holzer volta-se para ele com ansiedade. Mas só recebe um distraído "Sim, claro...", e continua com os passos e com as palavras:

— Imagino, pois só então haverá tranquilidade. Só então se poderá começar a trabalhar em alguma coisa sensata. Até que se tenha dinheiro suficiente para não se ter com o que se preocupar.
Pausa...
E:
— Helene entende...
Pausa.
— É claro que moraremos em algum lugar afastado...
Ele está novamente em frente à janela. Os delicados lábios de Bang reprimem uma palavra. Que então entra nele e o levanta. Hesita por um instante indeciso antes de dar alguns passos em direção ao amigo. Assim que chega junto dele, Holzer diz:
— Escute!
Uma triste canção popular eslava sobe como fumaça pelo pátio interno. É como se a canção se pusesse na ponta dos pés sobre telhados e torres para olhar... não se sabe o quê.
Bang levanta involuntariamente a cabeça e fecha os olhos.
— Sabe o que é isso? — pergunta Holzer, rindo.
Pausa.
Então Bang devaneia consigo mesmo:
— Saudades de casa...
Holzer sacode-o:
— A pequena camponesa lá de baixo está lavando os pratos. E canta sempre com essa mesma voz boba e melosa. Toda tarde às três e meia. Veja só — ele mostra-lhe o relógio —, pontual, não? Aqui cada hora do dia tem sua característica. Poderia muito bem aposentar meu relógio: tocador de realejo, alambrador, verdureiro, mendiga. Assim soam as minhas horas. Quem pode trabalhar desse jeito! Além disso, há também a vizinha da frente. Veja só... simpático, não?
Hermann Holzer esbanja alguns beijos jogados; e de seu sorriso satisfeito pode-se concluir que não desabam no pátio. Então se vira subitamente para o quarto:

— Por isso é preciso casar... o quanto antes!
Bang esboça um gesto de repulsa.
Hermann Holzer nota, olha-o por um momento e apanha um cigarro da mesa.
— Não quer, Bang?
— Não, obrigado.
E com toda a calma, Holzer acende um cigarro. Então diz, enquanto balança com veemência, de um lado para o outro, o fósforo usado na mão, como se quisesse riscar alguma coisa escrita no ar:
— Hum?
Bang olha pela janela. Com os pequenos incisivos inferiores atormenta seu bigodinho louro.
Pausa.
Hermann Holzer percorre o quarto novamente e fuma com inacreditável ardor. De repente para, e sua voz perfura a fumaça:
— Cor, cor, caro Bang. Vermelho ou verde? E daí?
Ernst Bang se aproxima e sua mão parece ridiculamente terna sobre o calmo e arredondado ombro do outro. Ele observa seus sapatos, em especial o esquerdo, e diz:
— Estou convencido de que você não me entenderá mal, Hermann...
Holzer se inquieta:
— Precisa ser assim tão solene? Diga logo! Meu Deus, matar, não matei ninguém, então...
Bang levanta os olhos, que estão verdadeiramente pesados de tristeza.
— Ou matei? — diz Holzer, rindo.
Então Ernst Bang volta à janela e novamente há espaço para a pobre canção nostálgica. Em meio à pequena melodia angustiada, Bang mistura as palavras vagarosas:
— Não me leve a mal, Hermann, mas... você... a... destrói...
Pausa.
Hermann Holzer tira o cigarro da boca e pousa-o cuidadoso na beira da mesa. A delicada fumaça sobe inclinada para o meio do

quarto. Involuntariamente, os dois seguem com o olhar esse movimento brando, solene. Então Holzer pega uma cadeira e tenta levantá-la. Deixa-a cair de uma só vez e grita junto com o barulho:
— Você está louco?
— Por favor, vamos conversar com calma...
A voz de Bang está um pouco trêmula.
Mas Holzer ainda não chegou ao ponto:
— Eu... a... destruo... — repete com ênfase, como se precisasse saber essas palavras de cor. E sempre volta a repetir: — Eu... a... dest...
— Hermann... — pede o outro.
— Eu... dest... — E Holzer de repente ri desenfreadamente, tanto que toda a casa ouve. Finalmente para de rir e diz com esforço, com o último suspiro: — Quem sabe você quer me... explicar...?
Bang esperava por isso. E começa devagar, como se tivesse feito uma boa preparação. Não é possível ver seus olhos.
— Você bem lembra como conheceu Helene, não é? Foi na minha casa, numa daquelas alegres noitadas. Quer dizer, alegre para você; para mim e para Helene foi uma despedida, melhor dizendo, uma *festa* de despedida. Mas... quer dizer: de qualquer forma algo melancólico. Não notou? Sei. No fim, nós mesmos também já não sabíamos. Como são as coisas! A vida é ligeira...
Holzer esboça um gesto de impaciência.
— Só um momento, Hermann. É preciso que a gente fale daquela noite. Naquela noite... — Bang aproxima-se alguns passos e procura deter os inquietos olhos de Holzer.
— Você nunca me perguntou como, na verdade, eu e Helene...
Irritado, Holzer é evasivo:
— Mas isso absolutamente não me diz respeito...
Bang sorri:
— Pode ser. Apesar disso, gostaria de continuar a contar...
Holzer joga-se no sofá, e ouvem-se todas as molas. O som estridente permanece no ar por um momento.
Ernst Bang enfronha-se novamente na observação de seu sapato esquerdo e conta:

— Naquela noite, então, chamei todos vocês até minha casa para comemorar uma espécie de noivado...
As molas do sofá se inquietam.
— Para mim, estava claro que o que me ligava a Helene era mais do que uma simples camaradagem. Refleti bem e decidi desposá-la. Não ignorei as dificuldades que seriam impostas pela minha família; não esqueci que, com esse passo, limitaria minha carreira. Contava com essas coisas, ou seja, elas não eram obstáculos. Mas no último momento, meia hora antes de sua chegada...
Um solavanco no estofado do sofá.
Bang olha para o outro, mas Holzer está muito calmo, e então conclui:
— ... surgiu um obstáculo inesperado.
Pausa.
— ... então quando você chegou, eu já sabia... e Helene...
De súbito, Hermann apruma-se e dirige seus atentos olhos ao interlocutor:
— Ela recusou sua proposta?
— Hum — faz Ernst Bang incerto, como se quisesse acrescentar algo, e pensa: "Talvez a janela devesse ser aberta, só por um instante...".
É quando o crepúsculo cai sobre ambos. Só agora Bang acende um cigarro e anda de um lado para o outro. Não como Hermann. Devagar, com uma certa expectativa, embalando-se. Nota-se um grande alívio, pois em seguida diz, à toa:
— Setembro! Como já escurece depressa!
De fato, agora já está totalmente escuro. Com muito esforço pode-se ver que Holzer está sentado à beira do sofá, a cabeça afundada nas mãos. Ele não muda de posição, e por isso suas palavras soam tão abafadas à pergunta:
— Não entendo, Bang, por que tudo isso me diz respeito, qual o meu papel?
Ernst Bang para. E de repente o silêncio cai pesado, muito pesado.

Holzer tira as mãos do rosto e grita:
— Eu a destruo? Por quê?
— Calma, calma... — sossega Bang.
Mas Holzer se levanta. Subitamente, age como alguém paralisado no sonho. Estende seus braços, experimenta suas articulações e quer ouvir sua voz:
— Por quê?
— Observe-a você mesmo, Hermann — pede Bang, ele próprio um pouco arrebatado. — É tão pálida. Ficará doente, você vai ver. Você a atormenta.
Então Holzer pousa a mão sobre o ombro dele. E ela fica cada vez mais pesada ao longo dessas palavras:
— Você não sabe o que diz, Bang. Faço para Helene tudo o que posso, você sabe. Tudo o que é possível. Só não lhe digo belas palavras, e isso ela também não quer. Então, como a atormento?
Bang não sabe como retrucar.
Lentamente, Holzer continua a falar:
— Somos amigos... simplesmente. Como deve ser. Se nos últimos tempos às vezes descuidei dela, a culpa foi do trabalho. Tão logo ela queira ter um filho dela, um trabalho dela, também vai descuidar de mim. É assim que acontece.
Pausa.
Ernst Bang deixou que o seu cigarro apagasse. Mexe inquieto nos botões de seu casaco; suas mãos são muito brancas. Então se ouve novamente a voz de Holzer. Está cada vez mais calma e cada vez mais tem uma superioridade serena.
— Aliás, não acho absolutamente que ela aparente não estar bem. Todas as moças são assim nessa fase. Isso vai melhorar. Pode confiar.
Pausa.
— Mas é típico de vocês: sensacionalismo a todo preço. Nenhuma calma. Muitas sensações de trapezista; e sempre se espera que no minuto seguinte quebrem o pescoço. Conheço isso. Mas sempre é possível deixar-se enganar pela pieguice de vocês.

— As coisas talvez não sejam tão simples assim. — Bang diz isso quase assobiando.

— Com certeza, porque vocês simplesmente não *querem*.

— Ah, querer... — diz Bang —, de qualquer modo: *querer*... — e mira por cima de tudo em direção ao horizonte ilimitado.

— Pois é, então sem dúvida seríamos felizes de novo. — Holzer agora está quase alegre. Acende a luz e inclina-se diante do amigo:

— Vossa Excelência me permita: meu nome é Holzer. Literalmente.[4] Meu abençoado pai era o "velho Holzer". Pode-se ouvir falar dele ali, na aldeia. A maioria irá lembrar-se do camponês grandão, do lenhador. E ainda tenho algo do seu sangue, assim espero. Algo de retilíneo, como um carvalho...

Ernst Bang sente-se incomodado com a forte luz amarelada do candeeiro:

— Acho que agora vou embora.

Holzer ri:

— Como quiser. Mas, por Deus, só para acabar, diga-me depressa o que eu, na sua opinião, devo fazer...

Bang faz um movimento, assim, esboçando indiferença.

— Fale, toda a civilização está por trás de você, reflita!

E toma de volta o chapéu da mão daquele que hesita e pondera, em outro tom:

— Realmente, Ernst, de amigo para amigo. Você me deu sua opinião e, por mais estranha que seja, fico-lhe agradecido por isso. Sem dúvida, você me deu um conselho. Um remédio contra o perigoso mal, não é? De fato, todos vocês, pessoas modernas, são médicos.

Bang tenta sorrir.

— Estou curioso. O que devo fazer, Ernst? O que devo dizer?

E então Bang fica novamente muito sério. Dá alguns passos para trás e responde com pressa:

---

4. Em alemão, "lenhador".

— Dizer? Hum. Acho que o seu papel é simplesmente *escutar*...
Hermann também não ri mais:
— Não entendo você...
— Pois... Helene é daquelas pessoas que têm de se expressar a qualquer preço... — Pausa. — Bem poderia ser possível que Helene tenha algo para lhe contar... de... antes...
Pausa.
— Ah, é — diz Holzer brevemente, e acompanha o outro até a porta.
Mas eis que entra Helene, bem diante dos dois.
— Oh! — exclama, ao reconhecer Ernst Bang, e Holzer ri:
— Uma surpresa, não? Velhos amigos?!
"Sim...", tenta Helene, e passa por Bang.
É quando Hermann tem uma ideia, aparentemente repentina.
— Você ainda tem tempo, não é?
Na verdade, seu tom parece bastante decidido para uma pergunta. Sem querer, Bang fica parado. Vê como Hermann pega a moça pela mão, puxando-a para o claro círculo do candeeiro, e isso lhe parece algo de uma brutalidade inaudita. Então ele ouve-o dizer:
— Pálida? Você está pálida, Helene?
Pausa.
— É possível que seja efeito da luz; é uma luz ruim. Mas você está se sentindo bem, não é?
Pausa.
— Este senhor aí chegou a dizer...
Helene faz um movimento parecendo querer fugir. De repente, Ernst Bang sente-se completamente desinteressado, apenas espectador. Quer sentar-se confortavelmente, a fim de não perder nada do que vem pela frente.
— Este senhor diz que eu a destruo.
Pausa.
Ernst Bang pensa: "Cena por demais lenta. Mais vivacidade, por favor!".
Pausa.

Depois, gritando:
— Isso é verdade?
Choro convulsivo.
Ernst Bang dá dois passos; tem a sensação: fim! Já poderá ir embora. Nada mais acontecerá.
Mas engana-se; haverá algo mais: a enorme gargalhada de Hermann Holzer. E em seguida:
— Vocês são umas crianças, verdadeiras crianças. Vocês dois. Você, Helene, e este aí. Graças a Deus podemos estar juntos agora, senão cada um de vocês faria algo de sentimental. Vejo isso em vocês. Vamos ficar juntos hoje e comemorar; alguma coisa encontraremos para festejar.
Pausa.
Helene inclina-se para Hermann com olhos marejados e cochicha alguma coisa. Ele não entende logo. Então ri:
— Nós dois, sozinhos? Deus me livre! Criancice! Pelo contrário, agora Ernst precisa ouvir o que tenho a dizer. Tire o seu chapéu, meu caro.
E como Bang não toma uma iniciativa, Holzer acrescenta:
— E se lhe implorar?
E como também isso de nada ajuda, ele apela para um último recurso:
— Helene também quer, não é?
E um silêncio se forma em torno de um descolorido "sim".
Aos poucos, Ernst Bang se aproxima. Parece estar incrivelmente cansado, e Holzer pensa, para acalmar-se: "É uma luz ruim... que candeeiro...!".
Então puxa a moça para o seu colo e brinca:
— Então, minha pequena, você gosta de mim? E não a destruo, não é?
E a mocinha loura agarra-se a seu pescoço, com um ímpeto que o surpreende. Por um instante, sente que ela chora. Mas não devem ter sido lágrimas pesadas, pois quando ela força o rostinho para o alto sopra nele uma desconhecida felicidade radiante.

De repente, Bang está à janela e conta as chaminés pretas. Quer ocupar a mente a todo custo com coisas lá fora; apesar disso, ouve cada palavra:

— Agora está quase tudo certo, querida. Quando chegarem notícias dos Holms então podemos casar, logo após o exame.

Pausa.

— Você quer, não é?

Um sorriso feliz.

— Então hoje comemoramos o futuro.

Pausa.

— Você festeja conosco, não é, Bang? — E não espera pela resposta. — Ainda comemoraremos outra coisa, é certo: sua cultura, Bang. Somos três pessoas modernas, três pessoas sem preconceitos, não é? Com isso, decretamos: não há passado algum. Simplesmente o negamos.

Ernst Bang aproxima-se mais rapidamente, como se para salvar alguma coisa; ainda ouve:

— Aquele que falar do passado está mentindo. Combinado?

Helene está muito pálida.

Hermann não notou. Nesse justo momento alguém toca lá fora, e ele se apressa em abrir; poderia ser da parte dos Holms. Helene o alcança ainda na porta. Seus lábios ardem. É sua última tentativa.

Mas Holzer teima em não ouvir e gargalha.

Então ela se solta dele, aos poucos, e volta bem calmamente para perto do candeeiro.

Bang está do outro lado da mesa, e o candeeiro, entre eles, emite um chiado estranho.

Por uma vez apenas Helene olha-o com olhos tristes, desamparados. E Ernst Bang ergue um pouco os ombros, imperceptivelmente.

É tudo.

OS ÚLTIMOS

O dia torna-se sempre desconfortável no pequeno apartamento de aluguel, guarnecido de móveis tão pesados, incompreensíveis. Mas o crepúsculo tudo entende. Ele sabe que é passado o que se conserva em cadeiras, armários e quadros, e que os estreitos aposentos, no terceiro andar, não têm culpa desse passado desconhecido, assim como as pessoas, cujos rostos herdaram de um antepassado qualquer o nome de um sentimento que elas absolutamente não conseguem carregar com os seus próprios, mas fracos, corações.

As duas janelas introduzem a cor vermelha crepuscular que chega por sobre os telhados e se aproxima discretamente das coisas que a esperam, as quais a acolhem em silêncio. Com a maior alegria aceita-a a estreita cômoda ornada de colunas, como um pequeno altar; com toda a prataria e o vidro sobre si, ela sorri para o entardecer.

Marie Holzer está diante dessa cômoda e segura as miniaturas colocadas ao lado dos maciços candelabros, elevando-as em direção à luz do entardecer, uma após a outra, e observa atentamente cada uma delas. Seu rosto jovem e límpido torna-se nesse momento sério e pensativo. Por um instante, volta-o para uma senhora de preto que está perto dela, sentada à janela e olhando à sua volta, sem que seus grandes olhos se fixem especialmente em alguma coisa. E assim Marie Holzer pode observá-la com calma, como se também ela fosse um quadro: esse rosto, ao qual não se ousa atribuir uma idade, embora não seja jovem; essa boca delicada, que, movida por tristes lembranças, supera uma dor invisível; e esses cabelos, que se sabem pesados. E sobretudo a fidalguia dessa figura doce, silenciosa, a paciente calma desses ombros negros, sobre os quais o despretensioso vestido pousa com dignidade.

Agora o esbelto relógio, quase escondido entre as janelas, eleva sua voz trêmula e pronuncia solenemente seis badaladas, cada uma

à sua maneira; Marie Holzer deixa-o terminar de soar e ainda espera o ruído, com o qual o dividido silêncio se encerra após a última badalada. Então diz:
— Estranho.
E pega de novo uma imagem da cômoda e repete:
— Estranho.
É quando se assusta a mulher à janela:
— Disse alguma coisa, Marie?
Antes de responder, a moça coloca a miniatura em seu lugar.
— Se disse? Na verdade, não. Só que é tão estranho.
A dama olha ligeiramente para o céu crepuscular e pergunta baixinho:
— O quê, minha querida?
— Que nós fiquemos sempre tão diferentes aqui na sua casa. Tão particularmente piedosos. Aqui sempre se está como pela primeiríssima vez. Não podemos desaprender a nos admirarmos.
Pausa.
Ela dobra os braços no alto com jeito de menina, colocando a cabeça entre eles, como se costuma fazer durante um sonho tranquilo, que nos traz profundo prazer em todos os sentidos. Ao continuar, seus olhos também estão fechados:
— E isso existe aqui, dentro da cidade, no alto deste ruidoso e cotidiano prédio habitado por pessoas prosaicas, sem importância. Acima delas há essa estranheza. Trazem-na por assim dizer sobre a cabeça e não sabem disso.
Ela deixa caírem os braços.
— Imagine, senhora Malcorn, existem mesmo coisas assim...
— Mas o quê, de fato, querida?
— Tudo isto: estes quadros, e estas coisas e a senhora; e Harald, sim, Harald também.
A senhora Malcorn balança a cabeça de leve.
— E pessoas solitárias são assim tão diferentes...?
— Pessoas solitárias? Sim, talvez. Mas não é só isso.
Marie Holzer vai até a outra janela. E então diz:

— Elas não são solitárias, na verdade. Vivem com muitas pessoas, só que não conosco, os contemporâneos. A senhora tem tantos quadros aqui. E já me disse várias vezes quem foram todas essas pessoas. Todas essas mulheres tristes e esses homens sisudos. E sei também que morreram há muito tempo. Algumas há duzentos anos, outras até mesmo antes disso. Morreram em paz... mas a senhora sabe realmente que tudo isso são apenas quadros?

Como se incomodada pelo leve temor que repercute dessa pergunta da moça, a senhora Malcorn se levanta e dirige-se a Marie. E enquanto pousa uma mão sobre o ombro dela, a jovem acaricia de leve a outra mão.

— Você é tão delicada, tão pálida. Como se muitas pessoas vivessem da sua vida.

Pausa.

— Todas estas...

Mal se pode ver o gesto amedrontado com que Marie indica o quarto. Ficou tão escuro. E, de fora, a tempestade interrompe o silêncio.

Mas então Marie Holzer levanta a voz, em outro tom:

— Deve poupar-se, senhora Malcorn. Oh, perdoe-me se falo assim. Às vezes sinto-me mais velha... como sua irmã mais velha.

— Mas é tão jovem! — sorri a senhora Malcorn, beijando-lhe a testa.

— É verdade, sou jovem. E fico feliz por isso. Sinto tanta força em mim. Quero fazer tantas coisas.

E nota-se uma impaciência em suas mãos, como se quisesse pousá-las em todo devir, que marcha tão lento.

Nisso, a senhora Malcorn lembra-se:

— É o que Harald também sempre dizia: "tenho tanta força em mim".

— E ele tem mesmo! Foi o que nos uniu! Congregou! Essa sensação de força. — E Marie conta, ofegante: — Como naquele dia, quando o ouvi falar pela primeira vez, na reunião. Muitos haviam falado antes dele. Ainda sei: tratava-se de uma organização, de uma instituição de caridade em apoio a inválidos, a suas esposas e filhos. Os outros haviam discutido o assunto aridamente e com superioridade. Via-se que estavam fartos e conheciam os problemas de ouvir dizer. Todos ficaram cansados. Então chegou ele! Foi como uma tempestade. Como um despertar ante o brilho do fogo! Não mais se falou do atendimento àquelas pobres criaturas. Foi como se devessem criar espaço, entre nós, para uma nova geração, que surgia implacável.

Marie Holzer respira fundo e faz um movimento, como se mirasse algo no escuro, colocasse um objetivo para os seus olhos claros, felizes.

— Ah, senhora Malcorn, vejo-o sempre assim, diante de mim. Ele se tornara grande, muito grande. E sua voz pendia sobre os indecisos como uma espada. "Pusilânimes", exclamou, "Pusilânimes!". E aí sua convicção tomou conta de mim, a fé de uma criança ou de um mártir. Ele levantara as mãos, e foi como se segurasse algo que nos ofuscava no salão. Nossas sombras, de repente pesadas, saíam de nós, e estávamos lá: luz de sua luz, coração de seu coração...

Por entre aquelas palavras grandes demais, Marie procura algo dizível, e não nota que a senhora Malcorn esconde nas mãos seu rosto que ouve. Por fim, continua:

— ... E então, quando todos se foram, abri caminho. Assim, com os cotovelos, os punhos, como podia. Teria estrangulado aquele que me detivesse. Para ele. Não parecia estar cansado. Apenas mais calmo, sombrio. Não pude dizer nada, nem uma sílaba. Eu tinha o choro atravessado na garganta. Fiquei tonta. Quis agarrá-lo, agarrei o vazio. Ele pegou minha mão e aqueceu-a nas suas. E segurou-as. E perguntou: "Você quer me ajudar?" Então pude chorar de uma vez, como nunca antes havia conseguido, nem quando minha mãe morreu. Mas naquele momento foi tão bom!

Marie é interrompida por soluços convulsivos. Ela torna-se quase maternal ao aproximar-se daquela que chora, pousa discretamente o braço em seus ombros confrangidos e pede:

— Mas!... Isso é na verdade uma alegria, senhora Malcorn, não é?

Ela sente que a outra faz um gesto afirmativo.
— Então, está vendo?...
— Mas também tenho medo. — E a senhora Malcorn acalma suas lágrimas.
— Como?
— Antes, ele nunca foi assim. Antes, sempre estava comigo... Antes, gostava de estar em casa...
— Sim, veja bem... — diz Marie rapidamente, com sua voz mais ampla — então deve ser generosa. Ele tem riqueza para dividir. Todos precisam dele de alguma forma. Ele é a alma de tudo isso. A senhora entende?
— Sim — diz a senhora Malcorn, falando como uma criança que recebeu um castigo.
— Ele é mais rico do que nós todos. Ninguém lhe tira nada, até quando dá a muitos outros. Sente isso?
O mesmo sim.
— Ele é um rei...
— Mas me evita. — E, apesar do gesto defensivo de Marie, persiste a doce senhora. — Sim, sim, sim, ele me evita, Marie. A mim e a este quarto, tudo...
— Mas, querida...
A senhora Malcorn comprime o rosto no firme e emocionado peito da moça e se lamenta, como que envergonhada de si mesma:
— Ah, por que ele me odeia?
— Pelo amor de Deus, senhora Malcorn, mas que pecado! Sabe como Harald fala da senhora? Como de um sonho. Como de um conto de fadas, do mais belo conto de fadas que se ouviu na infância e que se reencontra em tudo o que é belo, sempre, sempre.
— Bem terna, doce, havia-se tornado a voz de Marie.
— Verdade? — Timidamente, a senhora Malcorn levanta os olhos úmidos.
— Como de uma joia, à qual se reserva o lugar mais seguro; como de um dia de festa.
— Oh, fale mais, mais!

— Eu já gostava muito da senhora, bem antes de Harald levar-me para conhecê-la. Sim, bem antes de conhecê-la. Como teria surgido em mim tal sentimento?
Impaciente e feliz, a delicada senhora pede:
— O que ele contou sobre mim?
— Ah, tudo! Falou da infância dele. De como eram aqueles dias. E do que a senhora lia para ele à noite. E com qual vestido a senhora ia à igreja...
— O preto com entremeio de renda, não é?
— Esse mesmo. Muitas vezes, no caminho, começava a falar disso. Assim, repentinamente. E sua voz era outra, mais calorosa...
— Não é verdade? Sua voz pode tornar-se estranha...
— Sim. Como se viesse de longe...
Pausa.
— Veja, Marie, Harald já foi como essa voz... Antes que aquilo o tomasse, o desconhecido, novo, inquieto, aquilo que eu não compreendo...
— Antes que ele se tornasse um homem, senhora Malcorn; antes que tivesse uma profissão, uma obrigação... antes que saltasse para a vida.
— Sim — aquiesce a senhora Malcorn, tristonha —, para a vida...
— Mas não tema por ele! É daqueles que têm a vida por cima de si. Ela não é perigo para ele. Cobriu-se com ela como com um manto, um manto púrpura...
— Com vida? — pergunta a outra, surpresa.
— Com vida moderna, sim. A cada hora, esse devir impetuoso. Essa pressa de uma tempestade de primavera: todos os céus sobre um único dia. Ah!, não imagina como é bom estarmos dentro disso tudo, sentindo-nos unidos a ela...
— Sabe disso por experiência própria, Marie?
— Sim, senhora Malcorn. Pois pertenço totalmente a essa vida. O destino atirou-me no meio dela. Já bem cedo, quando minha mãe morreu. O destino e... a nostalgia
— Nostalgia de quê?

— Do poder.
— Poder?
— Sim, sobre si mesmo e sobre o sofrimento.
Pausa.
— Gostava de sua mãe?
— Ah, sim. Mas éramos muito pobres. Nunca tivemos tempo de dizer isso uma à outra. Acho que ela nunca soube.
Pausa.
E Marie Holzer sente ser tomada por uma angústia. E diz rapidamente, como alguém que se prometeu nunca ser triste:
— Mas não seria melhor acender o candeeiro?
— Sim, por favor, Marie. Aliás, Harald já deveria ter voltado!
— Ah!, a senhora sabe como é.
— Mas já são seis e meia?
Marie acende o candeeiro do fundo da cômoda e coloca-o na mesa de centro, onde é hábito sentar-se à noite.
— Certamente encontrou alguém — tranquiliza ela, e seu rosto, que se debruça por sobre o candeeiro, indica que não está preocupada. — Ou então foi buscar alguma coisa na biblioteca. — Está feliz por encontrar ainda outra explicação para a sua demora.
Mas a senhora Malcorn vê de outra forma:
— Esses livros — reclama —, esses muitos e grandes livros!
Marie sorri.
— Sim, é uma velha paixão dele.
— E ele lê durante muito tempo. Toda noite, até uma ou duas horas.
— Ele vive uma vida dupla. Uma para frente e outra bem para trás, de volta ao passado. É isso que o torna assim, assim tão aberto...
A senhora Malcorn, afastada do alcance da luz do candeeiro, está em algum lugar no escuro, entre as coisas. Parece não ter ouvido a última explicação de Marie.
— Muitas vezes vou até a porta e espio pela fresta: ainda há luz. Não ouso chamar. Mas fico sempre ouvindo...

— Sim, sim, ele gosta de ler em voz alta — diz Marie por alto, e fecha a cortina da janela, e com isso completa a noite. O círculo de luz torna-se calmo e redondo.
Mas então a senhora Malcorn cochicha, como se contasse um segredo:
— Ele tosse.
— Pois é... — diz Holzer —, o clima também colabora.
— Não, não assim. Já há muito tempo e de uma forma terrivelmente profunda...
Marie então também se assusta, perplexa. Mas claro que só por um momento. Então se recupera.
— A senhora também! Vê logo a coisa pelo lado mais negro.
Ela reconhece que é preciso dizer rápido algo em tom de brincadeira, a todo custo.
— Se a senhora falasse, assim, para quinhentas, seiscentas pessoas, num salão quente e úmido, e durante duas ou três horas...
A senhora Malcorn aventura-se à luz.
— Acha realmente, Marie?
— Mas claro, senhora Malcorn. Pense nisso. Mas, para que fique sossegada, vou convencê-lo a ir ao médico.
— Que bom...
— Sim, para o seu sossego. Não será nada fácil. Só Deus sabe! É com tanto desgosto que ele dedica algum tempo a si mesmo... Mas acho que posso tentar.
— Ele faz tudo o que você quer, Marie...
— Ah!, sim... somos bons amigos. Então isso se equilibra. De resto, realmente está tão acima de mim, em tudo!
Pausa.
— Não raro fico inquieta com isso.
— Como assim?
— Ele é tão sensível! Muitas vezes, quando estamos entre outras pessoas, aprende uma palavra, um olhar, um movimento num lugar qualquer. Quase não noto, mas logo vejo o efeito nele:

algo aconteceu. Essa palavra, esse olhar, esse gesto... foi um acontecimento, algo decisivo...

— O que quer dizer com isso, Marie?

— Bem, é mais do que óbvio. Ele já é maduro. Carrega atrás de si evoluções seculares. Abaixo dele estão generais, bispos... quem sabe até mesmo reis. Sempre um sobre os ombros do outro. E bem lá no alto: ele, Harald. E todas as mais sutis oscilações desse largo alicerce são visíveis nele... — Ela segue falando de si, num tom bem diferente, quase rude — Meu avô era camponês...

E ela esquece então todo o respeito e continua, embora o relógio badale sete horas. Com pressa, como se só pudesse ficar feliz tão logo tudo seja dito.

— Sou assim, de antigamente. Estou mais próxima da terra, do barro, quero dizer: da matéria-prima. Sou mais jovem, de cultura mais jovem. Tenho saúde e força. Mas a minha saúde se gaba. Minha força é arrogante e cheia de egoísmo; ela quer subir, ela ainda precisa subir. Sim, sim, é isso. Harald tem o poder de ajudar outras pessoas. E pode mesmo: levantar outras pessoas. Ele está no cume. Sempre esteve. Sua ajuda é madura, fácil, bela...

Mas a senhora Malcorn levanta-se rapidamente e passa apressada por Marie e por todas as palavras. Já há algum tempo sabe que Harald está vindo. E então Marie também ouve próximos os passos dele.

— Boa noite, mamãe. Já é tarde? Boa noite, Marie. Estavam à minha espera, não é? Pois é, novamente ocorreu uma porção de imprevistos...

Tudo isso Harald diz apressado, e sua voz oscila ao andar. Ele se desvencilha do sombrio abraço da mãe e dá a Marie uma pasta de couro.

— Pegue, Marie. Precisamos examinar isso, ainda hoje. Trata-se dos requerimentos; bem, você vai ver...

De repente, Harald nota que está de pé e deixa que sua mãe tire de seus ombros o capote úmido. Esboça um movimento assustado, como se quisesse proteger as delicadas mãos dela.

— Está chovendo? — pergunta a senhora Malcorn, preocupada.

— Há névoa, uma névoa horrível, densa. Não se vê três passos adiante. E pousa assim, sobre as roupas e o pulmão. Se pelo menos os dias de outono tivessem passado novamente.

Nesse meio tempo, Marie Holzer examinara rapidamente o conteúdo da pasta. Dirige a Harald seus olhos calmos e espertos.

— Você falou hoje?
— Sim, na União dos Estudantes.
— E então...?
— O quê?
— Como foi?

Harald olha para as suas mãos trêmulas de frio.

— Bem, como sempre, você sabe. Está aqui há muito tempo?

A senhora Malcorn apressa-se em participar da conversa.

— Fiquei tão feliz em tê-la aqui. Já estava com tanta saudade de você, Harald.

— Sim, mamãe, você sabe: não sou dono do meu tempo.

A voz de Harald e seus movimentos ainda têm as dimensões da sala de reunião, e ele tem dificuldade em reduzi-los à dimensão do pequeno aposento. Por isso dirige-se a Marie.

— - Sim, mas não vamos examinar isso logo?

Marie Holzer nota a decepção da mãe de Harald e tenta contê-lo.

— Não, Harald, sabe, em primeiro lugar, quero revê-lo. Se você ocupar de novo os seus olhos com esses terríveis documentos, sem dúvida os perderei por hoje. E eu também tenho direito a eles, não é?

— Sim, sim, Marie — e Harald tem a impressão de que se planejara algo para atormentá-lo. — Todas vocês têm direito a mim, eu sei. Todas, todas, todas...

A senhora Malcorn, assustada, fala para o filho:

— Venha, sente-se perto da estufa; você deve estar todo gelado.

— Sim, sim, vou sentar sempre perto da estufa e mesmo atrás dela, se possível... — Mas de repente Harald aproxima-se da mãe, muito envergonhado. — Perdoe, mamãe... Como vê, tenho um mau aborrecimento que ainda não saiu de dentro de mim. Marie sabe que isso nada significa, não é verdade? Vem assim, sem motivo. E não é aqui, Deus me livre, que ele deve surgir, aqui não!

E conduz a senhora Malcorn ao seu lugar preferido, junto ao candeeiro, e seu tom de voz assume uma imprevista ternura.

— Você está com os olhos todos vermelhos, mamãe. Realmente, seus olhos estão bem vermelhos! Será que não trabalhou muito? Será...? Esse terrível vermelho dos seus bordados... Sim, será esse vermelho, vermelho-sangue? No que se transformará de fato? A senhora Malcorn quase não acredita, de tão feliz.

— Um caminho de mesa... — diz baixinho, com voz trêmula de emoção.

— Sei, sei — diz Harald, novamente distante, tomado por alguma coisa totalmente estranha, e dirigindo-se a Marie:

— É importante resolvermos o assunto ainda hoje. Agora vai acontecer tanta coisa. Como se também nos corações não fizesse dia agora, como lá fora. Tanta miséria por todos os lados: miséria física, privação, pobreza, doença; miséria espiritual, presunção, preconceito e egoísmo. E ainda por cima: a teimosia, a indolência. A terrível, apática, incurável indolência! Esse enorme jugo do passado, no qual todos se movem. Têm eles todos os seus sofrimentos e suas alegrias. Insignificantes, odiosas dores e uma felicidade receosa, falsa, angustiante. Mas insistem. Tente tirá-los dali: eles resistem. E, se você simplesmente os arranca de seus míseros hábitos, então parecem rejeitados que querem voltar à cabana pestilenta de seu passado. Tudo em vão.

E após uma pausa de perplexidade:

— E ao mesmo tempo tem-se esse sincero desejo, essa respeitosa força que não quer dominar, mas está pronta a servir e não recusa o mais ínfimo, minúsculo trabalho, contanto que siga adiante. Você bem sabe, Marie, como acredito, como gosto de acreditar na meta, não é? Você bem sabe de que profundidade tudo emana de mim. Você mesma já sentiu, não é?

— Querido, eu sinto a cada dia que passa!

— E acredita em mim?

— Como acredito no sol.
Harald, agradecido, estende-lhe a mão e pergunta:
— Isso significa acreditar em flores ou frutos?
— Em ambos. Um após o outro, Harald.
— Um após o outro?... Isso leva tempo, Marie, muito tempo...
— Somos jovens.
— ... e paciência...
— Essa você tem.
— Como sabe com tanta certeza?
— Porque você tem o amor, Harald.
Ambos silenciam. Até que Harald, como que aliviado, respira:
— Obrigado. — E logo em seguida tenta novamente estar alegre. — Então... sim, mamãe... posso ver de novo o caminho de mesa, o seu trabalho?
A senhora Malcorn quer negar sorrindo. Mas vai buscar o trabalho e desenrola-o devagar, sob o candeeiro.
— Oh!... — exclama Harald, antes mesmo de abrir completamente o bordado. — Veja, Marie, falamos tanto, tanto, mas se devêssemos mostrar o que fizemos, hein, estaríamos em apuros! E a mãezinha aqui faz algo assim, no maior silêncio, sem uma palavra... algo tão vistoso. E um trabalho desses se transformar só num caminho de mesa. Só num caminho de mesa. Como as pessoas podem se enganar! Eu o teria considerado algo mais... algo muito mais suntuoso.
Marie está curiosa:
— Por exemplo?
— Oh!... um... um vestido...
— Vestido! — ela ri, animada. — Usam-se vestidos assim na sua terra?
Harald levanta os olhos.
— Na minha terra? Na minha terra? Como soa estranho, isto: na minha terra. Acho que é a primeira vez que pronuncio essa combinação de palavras. É como uma descoberta. E tão simples. Justamente como todas as descobertas... Na terra de Deus... das pessoas,

na sua terra, na terra de... e agora construindo analogamente: na minha terra,... na minha terra. Sim, mas onde estávamos mesmo?... De que falávamos?

E se lembra de sua ternura.

— Sim... e para que você borda esse caminho de mesa, mamãe? Vamos dar uma festa?

A senhora Malcorn olha-o triste. Marie Holzer, porém, sabe intervir.

— Por Deus, sempre se festeja algo. Pode-se festejar tudo. O primeiro dia de primavera ou a primeira neve. Bem, e se não se encontra nada então se festeja o próprio caminho de mesa, quando estiver pronto, não é?

Mas os outros dois parecem não ter absolutamente escutado a sua sugestão, tão sérios e silenciosos quando estão juntos. E Harald só pergunta, distraído:

— Deve durar muito, não, até terminar um trabalho desses?

— Quando se é disciplinado... — suspira a senhora Malcorn.

Mas Harald prossegue com os seus pensamentos.

— Eu — e sorri — certamente nunca terminaria. Ficaria sentado e bordaria, e bordaria somente com cores bem profundamente escuras, nas quais podemos nos perder. E continuaria a excursionar pela talagarça. Sempre adentrando o que há de mais obscuro, como uma floresta... sem nunca encontrar meta... Eu teria medo de chegar ao fim!

Agora Harald está bem distante das duas pessoas, que o escutam admiradas e ao mesmo tempo inquietas; elas não o entendem mais. Ele, porém, prossegue afastando-se delas. Sobre os olhos fechados, levanta os braços.

— ... Mas, sim: tenho um tal anseio por festas, por um momento único, extraordinário! De vermelho e rosa, de ouro e aroma, brilho, inaudito brilho! Deveríamos ficar cegos, não ver mais nada depois disso... nunca mais. Mas saber que existiu. E ter a sensação de um indizível desperdício! Às vezes mando embora as pessoas: "Vão para casa, ponham as suas melhores roupas, peguem tudo o que tiverem nos baús, desde os tempos dos seus avós, as toalhas com um suave aroma, e os pesados, sinuosos broches, que são como laços dourados. E as flores, cultivadas nos vasos das janelas, utilizem-nas de vez em quando! Entreguem-nas aos seus filhos, em suas mãos, para que aprendam a sorrir. E então... voltem, voltem todos!".

Mas as mãos de Harald caem desencorajadas do alto de seu belo e sonhador gesto de boas-vindas, e ele prossegue com voz cansada, desiludida:

— ... E quando eles realmente chegassem, todos, em seu desfile dominical de mau gosto, com as calças curtas demais e os engomados xales de dobras visíveis e cheirando a cânfora, então... então não teríamos mais nada a dizer uns aos outros, e nos comportaríamos como crianças que não se conhecem e que de repente são forçadas a brincar juntas...

Pausa.

E como ele nada acrescenta, Marie Holzer, que não sabe ficar calada, solta deslumbrada:

— Você fala primeiro como um rei, e depois... como um poeta...

— E não sou... nenhum dos dois... — Harald despertou. — Claro que houve reis na nossa família, não é, mamãe...? É o que reza a lenda. Em tempos há muito perdidos. Há mil anos talvez...

Marie fecha os olhos, como se estivesse numa torre alta, sem parapeito:

— Mil anos...

— Sim; se você pronunciar o nosso nome, baixinho, o antigo nome ainda ressoa, abafado, sombrio, como os sinos de uma igreja afundada em escombros.

E Harald continua a falar, como no meio de uma história:

— ... então veio uma grande onda sobre o trono real e arrastou o último dos reis para o profundo esquecimento. Lá moram os seus netos, crianças do vale. Mas muito depois, na Idade Média, um deles retorna à terra e ao poder. Não é, mamãe? Num outro reino, sim, com nome obscurecido e somente como um rei pequeno, vassalo. Depois dele, os outros permanecem por um tempo no alto e

aparecem mais uma vez na história, na época da Guerra dos Trinta Anos. Mas rapidamente esmorecem em pequenas querelas e briguinhas hostis e abandonam, impotentes, o velho nome. E ele volta longe, longe, até chegar aos reis pagãos... E eu... eu caí justamente numa época de anonimato.
Ninguém diz nada. Apenas o relógio fala sobre o assunto, na sua antiquada e suave maneira. Na oitava badalada Harald lembra-se de alguma coisa.
— Como um poeta... Quem disse isso? Você, Marie? Mas não é a primeira! Bem antes de você uma voz o pronunciou, dentro de mim: poeta! Não posso fazer nada contra isso. Sabe, foi lá dentro, onde não se alcança. Naquela escuridão, onde reina outro alguém... Ser artista, ser jovem! Como se fosse a mesma coisa... ou é? — E de repente ele supera a sua vontade: — Vocês gostariam que eu fosse um artista?
Pausa.
— Hein, mamãe?
— Você então ficaria sempre aqui comigo, em casa?
— Quem sabe. Não tenho ideia. Talvez. Talvez então tenhamos tudo dentro de nós. Talvez então não haja nada que se encontra fora de nós. Talvez... Você gostaria, Marie?
— Que você fosse um artista? Acho que você já é, Harald.
— Engana-se, querida. Com certeza! Você vê tudo claro demais. Tem tanta luz para tudo. Não sou artista. Talvez pudesse ter sido. Pudesse ter continuado a ser artista embora nunca tenha sido. Tarde demais.
E, muito exaltado, aproxima-se de Marie:
— Você dizia antes, Marie, que eu tinha o amor. Sim, eu tenho de fato? Não o desperdicei, não o espalhei generosamente? Não tem sido esta a minha vida, desperdiçar o amor, há dois, três anos, até este instante? Poderei dispor dele mesmo com centenas de pessoas dependendo dele? E se eu o exigir de volta e tirá-lo delas... o que devo fazer com esse amor, que carrega os vestígios de cem mãos crispadas, que se tornou usado, velho, murcho? E isso antes do verão do

amor chegar. Ah, não! Não o deixei amadurecer de forma alguma; joguei aos famintos esses frutos verdes: Tomem! Tomem!... E eles mesmo assim não se satisfizeram nem se curaram com eles! Por que você me deu a mão naquela época, Marie? Ali, ainda havia tempo. Naquela época, eu ainda poderia ter salvo e... poupado. Não quero acusá-la. Não! Você só não pode me chamar de "artista". É uma ironia você fazer isso...

E aí ele começa a tossir baixinho, de forma que os olhos da senhora Malcorn se tornam rígidos e apreensivos; mas Marie Holzer não nota. Sente-se na obrigação de responder.

— Você está exaltado, Harald. Você não tem o direito de falar assim. Você já conquistou vitórias! Não pode vacilar agora! Você já soube o que queria. Devo lembrá-lo?

Ela não se deixa condicionar pelo gesto de recusa de Harald.

— Eu lhe devo tudo, também a minha confiança. Foi você que me deu. É minha propriedade. E se a quiser de volta, não será sem luta!

Harald sente vir a tosse, e então diz rápida e duramente:

— Que grandes palavras, Marie.

— Mas são as suas próprias, as que lhe devolvo... todas elas, e também esta: "Pusilânime"! Você não pode esperar pelo seu verão? Você não espalhou frutos meio maduros, mas sim sementes, em centenas de lugares, e então precisa esperar por centenas de colheitas.

Marie Holzer aguarda uma resposta que tudo remedie. Mas Harald apenas balança a cabeça; tudo lhe parece tão indiferente agora. E aí teme que a tosse venha. E sua mãe olha continuamente para ele.

Então Marie volta a concentrar todas as forças, e suas palavras são calorosas e francas.

— Coragem, Harald! Você está sendo injusto. Pense! Uma vez você disse, literalmente: "Gostaria muito de ser artista, mas ainda não é tempo de arte...".

— Disse isso...? Então desculpe-me — o que soa quase uma ironia.

Marie Holzer, porém, não desiste:

— Uma vida caridosa não valeria por dez? Não teríamos um dever muito nobre? Isso não nos faz ricos? Não conhecemos o nosso caminho, Harald? Não somos vencedores? Harald, você acredita em nós?

Ele certamente vê a mão que lhe estende Marie. Mas mesmo assim passa por ela em direção à mãe, que o espera apreensiva, e, caminhando, diz lentamente:

— Eu... estou... cansado.

E Marie observa-o afundar na poltrona e a doce mulher, que se debruça sobre ele, cobri-lo completamente. E ela não diz mais nada; em todo caso não a teriam ouvido, pois Harald tem um acesso de tosse.

* * *

"Como deve ser triste para os que estiveram bem no inverno a chegada da primavera. Como podem compreendê-la, se não foram eles também convalescentes?", pensa Harald, e olha continuamente para as nuvens que passam pelas janelas, no alto, sobre a tarde quase primaveril. Ele olha não apenas com os olhos irradiantes, olha com todo o rosto, no qual não há segredos. Só sob o bigode, a sufocar bravio os lábios, há um pequeno sorriso que floresce, esperando pela palavra que o levará às pessoas. Mas Harald silencia.

Até mesmo quando entra a senhora Malcorn sem fazer ruído, como quem se aproxima de doentes, e pergunta:

— Já está sozinho? Marie já foi? — ele se limita a balançar a cabeça aquiescendo, e diz, apenas vago:

— Veja só.

Com a já exercitada compreensão de enfermeira, a senhora Malcorn olha para as janelas, mas nada nota. E então Harald explica:

— As nuvens... É uma imagem fantástica. E fazia tempo que não a via... quando garoto, às vezes, e depois, nunca mais...

E então, depois de um momento, ele também responde à pergunta da mãe.
— Na verdade, Marie não deverá vir mais. Mandei-a embora. Disse-lhe que queria dormir. Mas simplesmente estava cansado, cansado de vê-la. Cansado de ouvir sempre as mesmas coisas. Quero dizer, daquelas pessoas lá de baixo. Já faz seis meses que não as vejo. Seis meses! E durante todo esse tempo nada aconteceu, é o que parece. Ao menos pelo que ela me conta...
— Está vendo, elas não sabem o que fazer sem você...
— Que bondosa que você é. Elas também não sabem o que fazer comigo. E sobretudo: eu é que não sei o que fazer com elas, realmente.

E se vira de novo para as janelas, como se então nada fosse mais importante do que aquele céu claro, movimentado.
— Antes não via nada disso. E significa tanto! Não sei, mamãe, será que a doença nos torna assim tão atentos a tudo e tão agradecidos... quase sábios... tão involuntariamente sábios, como quando se é criança? Não conseguimos sair da linha.

Após um momento de pausa, diz baixinho:
— Você acha que é tarde demais?

A senhora Malcorn arruma as almofadas sobre o encosto da poltrona.
— Tarde demais, Harald? Para quê?
— Para começar. Começar mais uma vez logo depois da infância. Como se esses três anos lá embaixo não tivessem significado nada. Ou como se tivessem sido uma longa doença, da qual agora começo a restabelecer-me, lentamente...

Ele sente um beijo na testa e pergunta:
— Não é tarde demais?

A senhora Malcorn discorda; então ajoelha-se ao lado de Harald, e ele pousa sobre os cabelos dela suas mãos delicadas, descansadas e fala:
— Difícil não será, acho. Estou muito mais próximo de tudo o que me lembra os tempos de criança do que do que veio depois.

Sei de tudo. Se você quiser me testar... Volte bem para trás. Até aquele tempo, em que você usava um vestido cheio de rendas, que mais parecia ser feito de nuvens... nuvens de primavera. E... quando você chorava... Ah!, eu ainda me lembro bem. E quando tocava cançõezinhas suaves, ao crepúsculo... ainda se lembra delas?

A senhora Malcorn abaixa bem a cabeça, de modo que as mãos de Harald continuam a deslizar nos seus cabelos, de pontos que se aqueceram com elas para outros, frios. E de novo ela ouve sobre si a voz de Harald.

— ... Claro, faz muito tempo. E, mesmo assim, sinto exatamente como foi. Como se um brilho deslizasse pela hora escura, uma iluminação, um último sorriso das coisas antes de adormecerem: assim era a sua canção. E uma vez, quando me aproximei silenciosamente de você (você não me ouviu chegar), então me chamou... você então me chamou de... Jerôme... Estranho: Jerôme... embora eu seja Harald... e... papai também... se chamava Harald... mas mesmo assim daquela vez você me chamou de Jerôme... E isso combinava tanto com o que você tocava... Era como a própria canção... Está vendo como ainda me lembro de tanta coisa?

Pausa.

E então a senhora Malcorn se levanta e diz com algum esforço:

— Quer fazer algo por mim, Harald?

— Tudo.

— Não vamos para Skal, vamos ficar aqui!

Harald se surpreende com o tom suplicante daquelas palavras.

— Mas isso, aliás, só iria acontecer por desejo seu.

— Sim... Você vê, há um grande e velho parque perto do castelo e tudo o mais... Por isso escrevi ao tio para saber se ele não queria receber-nos. Achava que lá você se recuperaria mais rapidamente, mas...

E logo ocorre a Harald:

— Provavelmente eu lhe teria pedido a mesma coisa, mamãe. A qualquer momento. No começo a viagem me pareceu uma grande alegria e liberdade... Mas prefiro os nossos cômodos aqui. Agora, sabe, durante a doença, apeguei-me tanto a eles. E, na verdade, conheço-os tão pouco. Passava tão pouco em casa, antes... Claro, vamos ficar.

Desamparada e atormentada, a senhora Malcorn recomeça:
— E você nem pergunta por que não quero ir...?
— Certamente tem os seus motivos, mãezinha... E quase chego a crer que sei quais são; pois não a conheço? Você resiste em aceitar um favor do titio, tão orgulhosa...

Mas é justamente assim que ele faz a senhora Malcorn falar. E às cegas, completamente fora de si pela vergonha, ela se lança às palavras:
— Não, Harald... não posso mentir... para você... preciso dizer... não é por orgulho, é... por... medo...
— Medo?
— Sim. Da mulher branca...

Harald ainda não entende nada:
— Medo? Da senhora Walpurga...? Minha corajosa mãezinha... com medo?

A senhora Malcorn tenta sorrir. Mas preferiria escapar do olhar de seu filho. Os olhos dele são tão grandes, e ela permanece sempre ao seu alcance, ao alcance do suave brilho dele, da mesma forma com que também vagueia por entre as outras coisas. Finalmente, ela se acocora diante da estufa, como se fosse absolutamente necessário conservar aceso o fogo. E assim, daquele refúgio, ajoelhada, com o rosto abaixado para o brilho quente da brasa que volta a arder, ela inicia, aos sussurros, uma conversa.

— Você se lembra da lenda da senhora Walpurga?
— Mais ou menos. Aquela que foi vista em vários castelos?
— Sim, mais frequentemente em Skal.
— Ah, sim? Sempre três dias antes da morte de alguém, não é?
— Sim. É o que dizem.
— E, segundo a lenda, isto realmente aconteceu cinco ou seis vezes. Mas, se pensarmos que Walpurga floresceu pela metade do

século XVI e desde então se esforçou em aparecer somente por cinco ou seis vezes, devemos supor que a maioria dos Malcorn morreu sem a sua intervenção... a não ser que ainda estejam vivos...

— E você não sabe mais nada sobre ela?

— Quando garoto, sabia disso tudo... quando criança... Mas por que deveria saber logo agora, quando sinto a infância como se fosse ontem... bem... Espere: ela era a esposa do... do... conde (ou naquele tempo ainda eram chamados de barões?...), não, acho... vamos consultar depois, ver se está certo... e, caso eu tenha razão, exijo uma recompensa, está bem?

Harald investiga sua memória e não repara que a senhora Malcorn não retruca a graça de sua última pergunta. Ele se levanta um pouco na poltrona e cita corretamente e com segurança a passagem em questão:

— "Sigismund Ferdinand, primeiro conde austríaco Von Malcorn, senhor em Tschakathurn e Hallpach, etc. Filhos: Ferdinand 3º, Apel, vulgo o Coxo, Christoph. Christoph, posteriormente senhor em Sarnkirchen e Skal, casado com Walpurga, baronesa de Indichar..." Aqui está! Você vê? Vai ver que estou certo. Quer continuar a ouvir? Acho que agora me lembrei dos netos e bisnetos até meados do século XVIII...

— Não, não — repele a senhora Malcorn, com voz rouca.

— Sim, acho também que é suficiente. Não compreendo por que nos ocupamos até aos detalhes com a senhora Walpurga. Se ela não tem paz...

— Sabe por quê?

— Por que não tem paz? Certamente como todas as "mulheres de branco" do mundo: infiel, pecadora, assassinada pelo esposo enfurecido...

— Infiel, pecadora... — repete a senhora Malcorn com uma voz tão insegura que Harald, admirado, olha ao seu redor. Ela está de novo bem próxima, atrás da cadeira do filho, tão próxima que as asas de suas palavras parecem roçar nele a pergunta:

— Você se lembra de seu pai, Harald?

— Vagamente. Tinha uma espessa barba branca. Era velho. A senhora Malcorn gostaria de passar a mão nos cabelos de Harald, mas levanta-a somente até os ombros dele, pois sua delicada mão lhe pesa. E neste momento Harald diz:
— Ele tinha mãos estranhamente selvagens...
— Harald! — É como se fosse um grito, mas Harald não pode ver seu rosto.
— Você poderia imaginar, Harald...? — ouve ele atrás de si, e mais ainda, em intervalos angustiantes, singularmente vazios — ... que... seu pai... me... — E então Harald vira a cabeça. A senhora Malcorn desliza o olhar sobre ele em direção ao crepúsculo que se inicia e quase grita: — ... que ele tenha feito como o conde Christoph?...

Harald não entende de imediato. E logo puxa a mão gelada da mãe, docemente, para junto de si. Então ela se ajoelha de repente ao seu lado, e comprime o choro no colo dele, e ouve passar sobre si a voz de Harald, doce, grave, quase solene:
— Era um ancião. Eu não gostava dele.

E então ela beija suas mãos amedrontadas, que se defendem discretamente. Harald, porém, já se esforça em levantá-la, e sorri:
— Veja, ainda estou fraco demais para isso. Ainda não posso. Não posso levantá-la ainda.

Depois que ela se ergue com facilidade, Harald se encosta todo, como que para gozar de um sono tranquilo. Seu rosto está imóvel. Apenas abaixo do queixo, sobre o pescoço tenso e emagrecido, vê-se correr uma pequena veia em ondas saltitantes rumo ao silencioso coração.

Depois de um instante, respira fundo, e a senhora Malcorn pergunta:
— Está se sentindo bem?

Harald não abre os olhos:
— Sim. Hoje, por fim, ela não virá, a febre vespertina...
— Mas agora descanse...
— Não... vá...
— Não, estarei sempre aqui.

No silêncio que segue, a escuridão se consome. As coisas recuam silenciosas do brilho da luz, como de uma igreja cujas portas são fechadas. Aconchegam-se ao longo das paredes, aquecem-se umas às outras, e delas emana um cansaço que o relógio de parede só com esforço ultrapassa. No último momento, quando a hora já quer passar desapercebida, o relógio a chama, com pressa, sonoro.

Isso desperta Harald.

— ... Você está aqui?

— Sim, querido. Precisa de alguma coisa?

— Não quero dormir.

— Durma, sim, Harald! Isso lhe dá forças.

— Estou bem demais para querer dormir. Estou tão bem. Se dormir, vou esquecer. E gosto de saber que estou bem... Vamos conversar.

Só então Harald se movimenta. Os olhos permanecem fechados, mas ele estende a mão esquerda assim, para o lado, e pede:

— A mão!

E então, quando satisfeito o seu desejo:

— Esta é a sua mão... Se ficasse cego, ainda assim reconheceria esta mão... Portanto, não preciso ter medo, nem mesmo de ficar cego... nem mesmo... se... sim... então vou precisar soltá-la...

A senhora Malcorn se assusta, também porque logo entende o "então" dele. Sem querer, puxa a sua mão.

— Ah! — exclama Harald, como se tivesse deixado cair um objeto de vidro, e em seu rosto há uma tensão apreensiva, como se esperasse o tilintar do vidro no chão duro.

Rapidamente, porém, a senhora Malcorn sossega o medo do filho.

— Estou aqui, Harald.

— Sim.

E ele deixa dormirem os olhos e fala baixinho, como se não quisesse despertá-los.

— Foi mesmo bom eu ter adoecido. Pense bem! Se não tivesse ficado doente, a vida teria continuado lá embaixo, sempre igual, sempre, até... Mas agora posso reconstruir minha vida bem do começo... Infância? Hum. Eu estava satisfeito com a vida. Alguém fez com que ela fosse muito bela, fabulosamente bela! Você pode... adivinhar... quem... Ela não era exatamente alegre, ou o que se pode chamar de alegre: cheia de brincadeiras e festas. Eu estava sempre sozinho; ou sozinho com você. Mas minha vida era tão... profunda. Não consigo visualizar o seu começo. Há milênios, talvez, milê... Mas então tudo volta a ser como um único dia que ainda não acabou e que eu sonho que não deve acabar. Você pode imaginar isso?

Ele não espera por outra resposta além do silêncio. E depois de escutar por muito tempo esse silêncio, prossegue:

— Deve ser difícil imaginar. Antes, eu mesmo quase não teria sido capaz; mas agora parece-me bem natural. A infância é um país, bem independente de tudo. O único país onde existem reis. Por que deveríamos exilar-nos? Por que não crescer e amadurecer nesse país?... Por que nos habituarmos àquilo que os outros acreditam? Teria isso mais verdade do que aquilo em que se acredita na primeira e forte confiança infantil? Ainda mal lembro... Cada coisa tinha o seu sentido particular, e havia muitas, inúmeras coisas. E nenhuma valia mais do que outra. A justiça reinava. Cada coisa podia um dia parecer única, podia ser destino: um pássaro que chegava à noite e então, negro e grave, pousava na minha árvore predileta; uma chuva de verão, que transformava o jardim, dando ao verde escuridão e brilho; um livro, em cujas páginas havia uma flor, Deus sabe de quem; um seixo de forma estranha e significativa... tudo era como se soubéssemos muito mais que os grandes. Era como se pudéssemos ser felizes e elevados graças às coisas, mas também como se pudéssemos morrer graças a elas...

Então veio rápido, com outra voz, a pergunta:

— Não é tarde demais, não foi assim que você falou?

— *Nunca* é tarde demais, Harald.

— Nunca? Pode acontecer um dia, se eu, por exemplo... O médico diz realmente a verdade?

— Você mesmo ouviu. Ele fala sempre tão alto e alegre...

Agora Harald precisa dos olhos como testemunhas. Ele olha com firmeza para a mãe.

— E... ele não lhe disse outra coisa atrás da porta?

A senhora Malcorn estava preparada para essa pergunta. Calma, resiste ao olhar de Harald, com uma leve e muda repreensão no rosto.

— Perdoe, mamãe. Mas também seria possível. Vi isso muitas vezes em casas de doentes. Por vezes tive a chance... Mas o que então devemos dizer a Marie?

Ele diz isso bem de repente.

— Sobre o quê? — admira-se a senhora Malcorn.

— Para que ela não volte mais.

— Está falando sério?

— Sim. Ela não terá mais espaço no futuro que imagino para mim. A vida é curta, e preciso acomodar tanta coisa nela. Marie pertence à outra, à vida efêmera, a que esqueci. Não quero ser lembrado nela. Mas ela me leva ao passado, mesmo quando não fala dele, apenas por sua mera presença. Ela precisa ir embora!

Harald fala num tom decidido e rude, e a senhora Malcorn não consegue entendê-lo de imediato. Surge-lhe muitas perguntas, as quais não sabe expressar, e Harald está novamente à frente com suas palavras, e alegre, como se aliviado com essa decisão.

— Irei pintar... ou talvez escrever um livro: Infância e Arte. Tive ideias desse tipo nas últimas semanas; vou ditá-las para você. Não precisa ter medo que eu a fatigue. A cada dia apenas algumas linhas, mas acabadas, bonitas... Um dia talvez componha uma canção, e aí você deverá tocá-la. E se tiver a ideia de construir uma casa, então você, claro, deve morar lá... Quer dizer: nós, pois nunca nos separaremos... Não é?... Diga!...

A senhora Malcorn sorri, distraída:

— Você vai se casar...

— Casar?

— Mas, sim... Um dia...

— Você acha que eu poderia ter casado com Marie?

A senhora Malcorn aquiesce.

— Nunca pensei nisso.
Muito confusa, ela muda de assunto:
— E o que você quer pintar? Isso você não disse.
— Pintar? Nuvens.
— Sonhador!
— Nuvens de primavera! Um vestido de nuvens! Seu vestido!... Você!
— Não tenho mais vestidos de nuvens.
— Então precisa mandar fazer um...
Muito melancólica, a doce mulher sorri.
— Só tenho ainda um ultrapassado vestido de cetim branco, do último baile.
— Sim, branco — planeja Harald. — Teria de pintar você de branco e... com flores. Com flores quentes, vermelhas quaisquer. Com flores que não existem em lugar algum. Como aquelas, vermelhas... (Onde será que as vi?...) No seu caminho de mesa. Com tais flores. Foi você mesma que as inventou?...
— Por acaso — sussurra, e enrubesce.
— Como é estranho. Ah!... Você inventa flores!
E Harald examina-a minuciosamente, como se o seu rosto, em sua timidez espantada e envergonhada, devesse lembrá-lo de algo. Então ele para por um momento.
— Talvez seja infantil eu falar assim. Na verdade, nunca tentei pintar. Mas por isso nunca deveria tentar? Talvez eu tenha voltado a um... um começo... É como se já tivéssemos falado disso, que os Malcorn sempre se tornam reis... E aqueles que não têm um povo, estes são talvez os verdadeiros reis...
— Mas também na arte você pode impor-se a um povo...
— Talvez. Talvez o artista possa formar o seu povo a partir de todos os povos, possa educá-lo... Mas eu não quero. Nunca vou querer. Não quero educar. Não quero o sucesso, seja de que lado for. Quero simplesmente: beleza...
— Sim — diz a senhora Malcorn, como para si mesma.
— Sente isso? — e Harald olha-a, quase surpreso.

— Sim... — repete ela, baixinho, e mal ousa levantar os olhos.
E depois de um breve silêncio ela ouve-o dizer:
— Como você está bonita!
E com um arrepio, sente-se observada por ele. E ele repete:
— Como você está bonita agora!
Com movimentos muito discretos, contidos, ela se levanta e espera, até que ele exclama:
— Você nunca esteve tão bonita!
Mas dessa vez ela não reconhece a sua voz. E, insegura, afasta-se dele e se coloca no escuro, como se estivesse sob a proteção do relógio, cujo pulso está muito próximo.
— Com que porte você caminha! É assim que caminham as mocinhas.
E ela está entre as duas janelas e escuta.
E ele lhe pergunta:
— Como você se chama?
Ela não se move, mas pensa: a febre, e sente um grande alívio, mas ao mesmo tempo tristeza, como se algo lhe houvesse sido tirado, algo que acabara de lhe ser presenteado.
E ele diz:
— Sim, nunca o chamei pelo nome. Esqueci-me dele.
Por um instante ela ouve o coração e novamente a voz dele:
— Agora sei: você se chama Edith.
"E se for mesmo a febre", pensa ela, e escuta.
— Mas como a chamaram aqueles que... que... que você amou?
Ela quase não sabe o que responde, e com uma voz diferente, jovem:
— Edel.[5]
E ele pega o nome e o acaricia:
— Edel... sim, você deve se chamar assim. Edel: é branco, muito branco... Mas você ainda tem o velho vestido, o vestido de ontem e anteontem, o vestido preto, o vestido doente... E você não

---

5. Em alemão: Edel = "nobre".

é branca. Você traiu seu nome. Agora não pode mais negá-lo; vá, pegue o seu vestido branco!
Ela se agarra à caixa preta do relógio.
— Vá!
— Amanhã!...
Ele não ouve.
— Devemos esperar por quê? Que a beleza esteja conosco!
E as palavras dele empurram-na para a porta, mas ela ainda hesita.
— Apresse-se! Embeleze-se e venha logo. Enquanto isso, tudo vai ficar muito festivo aqui. Todas as velas, todas as luzes queimarão quando você voltar, branca Edel!
Ele esboça um movimento, como se quisesse levantar. E ela quer ir até ele, impedi-lo, quer ser maternal. Mas ele já está de pé, forte, grande, os braços abertos como asas, e sorri para ela.
E agora ela obedece e vai.
E, feliz, ele a segue com o olhar. E sorri.
Mas o sorriso não se demora em seus estreitos lábios. Quando o relógio anda, ele o abandona e, assustado, cobre o rosto vazio com as mãos. E sente-as frias. E está sozinho, e o escuro é grande, e empurra-o de volta à cadeira, na qual afunda, silencioso.
Assim fica, talvez por muito tempo.
Pois já é noite quando volta a si.
Seus olhos estão desacostumados com as coisas escuras, pesadas, e vagueiam medrosos pelo silêncio. De repente, crescem. Uma porta se move, e algo vem, como se a luz do luar andasse. E diante da janela vê-se: é uma mulher, toda branca...
Então Harald se defende com os braços magros e grita, deformado pelo medo, rouco:
— Ainda... não! Walpurga!
Alguém acendeu a luz.
Harald, desfigurado, está sentado nas almofadas, a cabeça ainda para frente, as mãos dependuradas. E diante dele está a senhora Malcorn, fanada, em vestido de cetim, com luvas. E miram-se com uma estranha expressão de horror nos olhos mortos.

"A melodia das coisas" e outros ensaios

A melodia das coisas
(1898)

I. Vê como estamos bem no começo?
Como que antes de tudo. Com
mil e um sonhos para trás e
nada feito.

II. Não posso imaginar mais feliz sabedoria
do que esta:
que é preciso ser um iniciante.
Alguém que escreve a primeira palavra atrás de um
secular
travessão.

III. Com essa observação, ocorre-me: que ainda pintamos as pessoas sobre fundo dourado, como os primitivos. Elas estão diante de algo indefinido. Às vezes, diante de fundo dourado, às vezes, de fundo cinza. Contra a luz vez por outra, e com frequência com uma impenetrável escuridão atrás de si.

IV. É compreensível. Para reconhecer as pessoas, foi preciso isolá-las. Mas depois de longa experiência é correto voltar a relacionar as observações individuais, e acompanhar os gestos mais amplos das pessoas com visão amadurecida.

V. Um dia compare um quadro de fundo dourado do *trecento* com uma das inúmeras composições posteriores de mestres italianos, onde as figuras se reúnem para uma *Santa Conversazione* diante da reluzente paisagem da luminosa atmosfera da Úmbria. O fundo dourado isola cada uma delas, a paisagem brilha atrás como uma alma em comum, da qual extraem seu sorriso e seu amor.

VI. Então pense na vida ela mesma. Lembre que as pessoas têm muitos e largos gestos e palavras incrivelmente grandes. Se fossem, por um instante, tão calmas e ricas como os belos santos de Marco Basaiti, então por trás delas você também deveria encontrar a paisagem que lhes é comum.

VII. E há momentos também em que alguém diante de você se distingue de sua magnificência, de forma clara e silenciosa. São festas raras, nunca esquecidas por você. A partir daí você ama essa pessoa. Quer dizer: você se esforça por desenhar os contornos de sua personalidade (como você a reconheceu naquele momento) com as suas ternas mãos.

VIII. A arte faz o mesmo. Ela é, sim, o amor mais amplo e imodesto. Ela é o amor de Deus. Não pode parar em alguém que é apenas a porta da vida. Ela precisa caminhar através desse alguém. Não pode cansar-se. Para realizar-se, precisa agir onde todos são *um*. Quando então ela contempla este *um*, uma riqueza ilimitada chega a todos.

IX. Pode-se ver o quanto falta para chegar a isso no palco em que ela diz, ou quer dizer, como contempla a vida, não o indivíduo em sua paz ideal, mas o movimento e a relação entre vários indivíduos. Daí resulta que ela simplesmente coloca as pessoas umas ao lado das outras, como faziam os do *trecento*, e deixa a seu encargo estreitarem as amizades para além do cinza ou do ouro do fundo.

X. E por isso assim ocorre. Com palavras e gestos, as pessoas procuram alcançar-se. Quase deslocam os braços, pois os acenos são breves demais. Esforçam-se infinitamente para jogar sílabas uns aos outros, e nisso são também maus jogadores pois não conseguem segurar a bola. E assim o tempo passa, e eles se inclinam e procuram — assim como na vida.

XI. E a arte nada fez senão mostrar-nos a confusão na qual quase sempre nos encontramos. Ela nos inquietou, em vez de nos fazer silenciosos e calmos. E provou que cada um de nós habita uma ilha diferente; só que as ilhas não são distantes o suficiente para que permaneçamos solitários e despreocupados. Um pode molestar o outro, ou assustar, ou perseguir com lanças — mas ninguém pode ajudar o outro.

XII. Para passar de uma ilhota a outra há somente uma possibilidade: perigosos saltos, nos quais se arrisca mais do que os pés. Surge um eterno vai e vem de pulos com acasos e ridículos; pois pode acontecer que dois saltem um em direção ao outro, ao mesmo tempo, de forma que só se encontram no ar, e depois dessa cansativa troca estão tão distantes — um do outro — quanto antes.

XIII. Isso não chega a ser estranho; pois, de fato, as pontes para o outro, sobre as quais se chega bela e solenemente, não estão *em* nós, mas atrás de nós, como nas paisagens de Frei Bartolomeu ou nas de Leonardo. O fato é que a vida culmina em personalidades distintas. De topo a topo, porém, a trilha conduz pelos mais vastos vales.

XIV. Quando duas ou três pessoas se encontram, não por isso estão juntas. São como marionetes, cujos fios estão em diversas mãos. Só quando *uma* mão todas dirige é que surge entre elas uma comunhão, que as obriga à reverência ou à agressão. E as forças da pessoa estão onde seus fios terminam, numa mantenedora e dominadora mão.

XV. Somente na hora compartilhada, na tempestade compartilhada, naquele cômodo onde se encontram, é lá que se acham. Quando há um fundo por trás deles, é só ali que começam a ter contato uns com os outros. Precisam, sim, reportar-se àquela *uma* pátria. Precisam, por assim dizer, mostrar um ao outro os documentos que trazem consigo e que, todos, contêm o sentido e a insígnia do mesmo soberano.

XVI. Seja o canto de um candeeiro ou a voz da tempestade, seja o respirar da noite ou o gemido do mar que o rodeia — sempre desperta por trás de você uma vasta melodia, tecida por mil vozes, na qual só aqui e ali há espaço para você fazer um solo. Saber *quando é a sua vez* — eis o segredo da solidão. Assim como a arte do verdadeiro relacionamento é deixar-se cair do alto das palavras naquela melodia compartilhada.

XVII. Se os santos de Marco Basaiti tivessem o que confiar um ao outro, além da sua bem-aventurada convivência, então não se dariam, na parte anterior do quadro, suas mãos estreitas e macias. Eles se recolheriam, logo se tornariam pequenos e se encontrariam no fundo da terra que escuta, sobre as diminutas pontes.

XVIII. Nós, no primeiro plano, somos bem assim. Benditos desejos. Nossas realizações acontecem longe, em fundos luminosos. Lá existe movimento e vontade. Lá se passam as histórias, de que somos a obscura epígrafe. Lá está nosso encontro e nossa despedida, consolo e tristeza. Lá *estamos* nós, enquanto caminhamos no primeiro plano.

XIX. Lembre-se de pessoas que você encontrou juntas, sem que tivessem ao redor de si uma hora compartilhada. Por exemplo, parentes que se encontram em torno do leito de morte de uma pessoa realmente amada. Aí uma pessoa vive nesta lembrança, e a outra, naquela lembrança profunda. Suas palavras passam umas pelas outras, sem que saibam uma da outra. Suas mãos se desencontram no primeiro embaraço — até que a dor por trás delas se amplie. Sentam-se, abaixam as cabeças e silenciam. Sobre elas, um rumor como na floresta. E estão próximas umas das outras, como nunca antes.

XX. Do contrário, se uma dor forte não calar de pronto as pessoas, uma escuta mais da poderosa melodia do fundo a outra menos. Muitas nem sequer a escutam mais. São como árvores que esqueceram suas raízes e então acham que o rumorejar de seus galhos é sua força e sua vida. Algumas pessoas não têm tempo de ouvi-las. Não toleram nenhuma hora ao seu redor. São pobres apátridas que perderam o sentido da existência. Batem as teclas dos dias e tocam sempre o mesmo tom monótono e perdido.

XXI. Se quisermos, portanto, nos iniciar nos segredos da vida, é preciso pensar em dois aspectos:

Um deles, a grande melodia, da qual participam coisas e aromas, sentimentos e passados, crepúsculos e desejos; e então: as vozes de cada um, que complementam e aperfeiçoam todo esse coro.

E para fundar uma obra de arte (ou seja: uma imagem da vida mais profunda da vivência, mais do que de hoje, sempre possível em todos os tempos) será necessário relacionar corretamente e equilibrar as duas vozes; uma, *a* daquela hora em questão, e *a* outra, de um grupo de pessoas dentro dela.

XXII. Para este fim é preciso reconher os dois elementos da melodia da vida em suas formas primitivas; dos rumorejantes tumultos dos mares deve-se desvelar o compasso da batida das ondas, e a partir do emaranhado da conversa diária desenlaçar a linha viva que carrega as outras. Deve-se manter lado a lado as cores puras, a fim de conhecer seus contrastes e suas intimidades.

Deve-se ter esquecido a multiplicidade das coisas em favor daquilo que é importante.

XXIII. Duas pessoas igualmente silenciosas não precisam falar da melodia de suas horas. Esta, por si mesma, é o que têm em comum. Como um altar ardente está entre elas que, temerosas, alimentam a chama sagrada com suas sílabas raras.

Se retiro essas duas pessoas de sua existência aleatória e as coloco em cena, então é evidente que o faço para mostrar dois amantes e explicar porque são bem-aventurados. Mas em cena o altar é invisível, e ninguém sabe explicar os estranhos gestos daqueles que vêm em sacrifício.

XXIV. Aqui só há duas saídas:
as pessoas devem levantar-se e, com muitas palavras e gestos confusos, tentar dizer o que viveram antes;
ou:
não altero nada de sua ação profunda e acrescento eu mesmo essas palavras:
Eis um altar no qual arde uma chama sagrada. É possível notar o seu brilho nos rostos dessas duas pessoas.

XXV. Esta última parece-me unicamente artística. Nada se perde do essencial; nenhuma mistura dos elementos comuns turva a série de acontecimentos se descrevo o altar que une os dois solitários de maneira que todos o veem e acreditam na sua existência. Bem mais tarde os espectadores verão involuntariamente as colunas em chamas, e não precisarei acrescentar algo que as esclareça. Bem mais tarde.

XXVI. Mas o altar é apenas uma parábola, e além disso bem imprecisa. Trata-se de expressar no palco a hora compartilhada, aquilo em que as pessoas chegam a falar. Essa canção, aquela que na vida está a cargo das mil vozes do dia ou da noite, do rumorejar da floresta ou do tiquetaquear dos relógios e do seu hesitante badalar das horas; esse vasto coro do fundo, que determina o compasso e o tom de nossas palavras, em princípio não pode ser compreensível no palco com os mesmos recursos.

XXVII. Pois aquilo que se denomina "atmosfera", e que nas peças mais recentes adquire também relevância parcial, é apenas uma primeira tentativa, imperfeita, de deixar transluzir a paisagem por trás de pessoas, palavras e acenos; não é absolutamente notada pela maioria e, por causa de sua discreta intimidade, não pode ser absolutamente notada por todos. Parece ridícula uma amplificação técnica de ruídos isolados ou iluminações, pois de mil vozes ela enfatiza uma única, de forma que toda a ação permanece naquele único canto do palco.

XXVIII. Só se pode manter essa justiça para com a vasta canção de fundo se ela for válida em toda a sua extensão, o que a princípio parece tão impraticável com os recursos de nossos palcos quanto para a opinião da massa desconfiada. O equilíbrio só pode ser alcançado por meio de uma estilização rígida. Se, por exemplo, for tocada a melodia do infinito nas mesmas teclas sobre as quais repousam as mãos da ação, quer dizer, se for abaixado o tom daquilo que é grande e mudo à altura das palavras.

XXIX. Isto não passa da introdução de um coro que se desenrola calmamente por trás das conversas claras e vibrantes. Porque o silêncio age continuamente em toda sua extensão e significado, as palavras aparecem na frente como complemento natural, e pode-se ter como meta uma representação completa da canção da vida, representação que, pela impossível utilização de aromas e sensações obscuras em cena, já parecia excluída.

XXX. Quero indicar um exemplo sem importância. É noite. Um pequeno cômodo. À mesa de centro, sob o candeeiro, estão duas crianças, uma diante da outra, debruçadas a contragosto sobre os seus livros. Ambas estão distantes — distantes.

Os livros encobrem a sua fuga. De vez em quando apelam uma à outra, a fim de não se perderem na ampla floresta de seus sonhos. No apertado cômodo vivenciam destinos coloridos e fantásticos. Lutam e vencem. Voltam para casa e se casam. Ensinam seus filhos a serem heróis. Morrem até.

Sou tão teimoso em considerar isso uma ação!

XXXI. Mas o que é esta cena sem o canto do candeeiro antiquado que ilumina do alto sem a respiração e o gemido dos móveis, sem a tempestade em volta da casa? Sem todo esse fundo escuro, por meio do qual elas tecem os fios de suas fábulas? Como seria diferente o sonho das crianças no jardim, no mar, no terraço de um palácio! Não é a mesma coisa bordar em seda ou em algodão. É preciso saber que, na talagarça amarela daquela noite no quarto, elas repetem com insegurança aquelas mal traçadas linhas de seu desenho feito de meandros.

XXXII. Só penso em deixar soar toda a melodia assim como a ouvem os garotos. Uma voz silenciosa suspende-as sobre a cena, e a um sinal invisível entram as minúsculas vozes infantis, enquanto o rio caudaloso segue seu curso rumorejando pelo apertado cômodo noturno, de eternidade a eternidade.

XXXIII. Conheço muitas dessas cenas, e maiores. Quanto mais expressa (quero dizer mais diversa) a estilização ou insinuação cuidadosa das mesmas, o coro encontra na cena o seu espaço e age também por meio de sua presença vigilante, ou sua participação limita-se à voz que, ampla e impessoal, surge da fermentação da hora compartilhada. Em todo caso, também nele reside, como no coro antigo, o saber mais sábio; não porque julga o acontecimento da ação, mas porque é a base da qual se desprende aquela canção mais suave e em cujo colo, finalmente, acaba por tornar a cair, mais bela.

XXXIV. Considero, neste caso, a apresentação estilizada, ou seja, irreal, apenas como uma transição; pois no palco será sempre mais bem-vinda aquela arte semelhante à vida e que, neste sentido exterior, é "verdadeira". Mas este é justamente o caminho para uma verdade interior, que se aprofunda em si mesma: reconhecer e empregar os elementos primitivos. Por trás de uma experiência mais séria será necessário aprender mais livre e obstinadamente os motivos fundamentais compreendidos, e com isso se reaproximar também do real autêntico, temporal. Mas não será como antes.

XXXV. Esses esforços parecem-me necessários, caso contrário os sentimentos mais delicados, alcançados por um longo e sério trabalho, se perdem (se perderiam) para sempre no tumulto do palco. E é pena. No palco, se não for de forma tendenciosa ou enfática, pode ser anunciada a nova vida, ou seja, também ser transmitida àqueles que não aprendem seus gestos por impulso e força próprios. Eles não devem ser convertidos pelo do palco. Mas pelo menos devem saber: isso existe em nosso tempo, bem junto de nós. O que já é felicidade bastante.

XXXVI. Ele tem quase o significado de uma religião, esse conhecimento: que, tão logo se encontre a melodia do fundo, não se está mais perdido em suas palavras e impreciso nas decisões. Há uma despreocupada segurança na simples convicção de ser parte de uma melodia, ou seja, possuir por direito um espaço determinado e ter um determinado dever numa obra vasta, na qual o menor tem o mesmo valor que o maior. Não ser supérfluo — esta a primeira condição para um desenvolvimento consciente e tranquilo.

XXXVII. De toda discórdia e engano decorre o fato de que as pessoas procuram o que há de comum em si, em vez de fazê--lo nas coisas por trás de si, na luz, na paisagem, no começo e na morte. Assim, perdem a si mesmas e não ganham nada com isso. Misturam-se por não poderem, de fato, unir-se. Mantêm-se juntas e mesmo assim não podem pisar firme, pois ambas oscilam e são fracas; e neste recíproco querer apoiar-se gastam toda a sua força, de modo que, exteriormente, não se pode pressentir sequer a batida de uma onda.

XXXVIII. Porém, cada comunidade pressupõe uma série de pessoas solitárias e diferenciadas. Antes delas, havia simplesmente um todo isolado sem qualquer relação. Não era rico nem pobre. No momento em que várias de suas partes se desviam da unidade materna, esse todo entra em oposição a elas; pois se desenvolvem longe daquilo que une. Mas não as abandona. Mesmo que a raiz não conheça os frutos, ela os alimenta.

XXXIX. E somos como frutos. Mas estamos pendurados em galhos estranhamente entrelaçados e muitos ventos nos sopram. Tudo o que possuímos é a nossa maturidade, doçura e beleza. Mas a força para tal flui pelo tronco de uma raiz, alastrada por mundos afora, em todos nós. E se quisermos prestar testemunho de seu poder, cada um de nós terá de usá-la, em nosso mais solitário sentido. Quanto mais solitários houver, tanto mais solene, comovente e poderosa é a sua comunidade.

XL. E justamente os mais solitários têm a maior parte na comunidade. Eu disse antes que um percebe mais do que o outro a vasta melodia da vida; assim, cabe-lhe também uma tarefa menor ou inferior na grande orquestra. Aquele que percebesse toda a melodia seria o mais solitário e comunitário ao mesmo tempo. Pois ouviria o que ninguém ouve, e mesmo assim, porque, na sua *perfeição*, entende o que os outros auscultam, de forma sombria e lacunar.

Sobre arte
(1898)

I

O conde Liev Tolstói, em seu tão discutido livro *O que é arte?*, antecipou à sua própria resposta uma longa série de definições de todos os tempos. E, de Baumgarten a Helmholtz, Shaftesbury a Knight, Cousin a Sar Peladan existe espaço suficiente para extremos e contradições.

Todas essas opiniões sobre arte, incluída a de Tolstói, têm um aspecto em comum: não se observa tanto a essência da arte, mas, antes, todos se empenham para explicá-la a partir de seus efeitos. É como se disséssemos: o sol é aquilo que amadurece os frutos, aquece a relva e seca roupas. Esquecemos de que qualquer estufa pode realizar essa última atividade.

Ainda que nós, modernos, estejamos mais distantes da possibilidade de ajudar a outros, ou mesmo a nós próprios, por meio de definições, talvez tenhamos, mais do que os eruditos, desembaraço, sinceridade e uma discreta lembrança dos momentos de criação que aquecem nossas palavras em troca do que lhes falta em dignidade histórica e escrúpulos. A arte se apresenta como uma concepção de vida, como a religião e a ciência, e o socialismo também. Ela se diferencia das outras concepções apenas pelo fato de não resultar do tempo e aparecer, em certa medida, como visão de mundo da última meta. Numa representação gráfica em que as opiniões individuais sobre a vida fossem conduzidas como linhas para o futuro liso, a arte seria a linha mais longa, talvez o pedaço de uma circunferência que se apresenta como reta, posto que seu raio é infinito.

Se um dia o mundo se romper sob seus pés, a arte permanecerá existindo independentemente como elemento criador e será a possibilidade meditativa de novos mundos e tempos.

Por isso também aquele que faz dela sua concepção de vida, o artista, é a pessoa da última meta, que atravessa jovem os séculos, que não tem passado atrás de si. Os outros vêm e vão, ele perdura. Os outros têm Deus atrás de si como uma lembrança. Para o criador, Deus é a realização última, mais profunda. E quando os devotos dizem "Ele é", e os tristes sentem "Ele foi", o artista sorri: "Ele será". E sua crença é mais do que crença; pois ele mesmo está construindo o seu Deus. A cada olhar, a cada reconhecimento, em cada uma de suas discretas alegrias o artista lhe acrescenta um poder e um nome, para que o Deus finalmente se complete num bisneto tardio, ornado de todos os poderes e todos os nomes.

Esse é o dever do artista.

Mas como ele o produz, solitário, em meio ao hoje, aqui e ali suas mãos esbarram no tempo. Não que este fosse o elemento hostil. Mas é o hesitante, que duvida, desconfia. É a resistência. E, só a partir dessa discrepância entre o que é corrente e a opinião, alheia ao tempo, do artista sobre a vida, surge uma série de pequenas libertações, surge o ato visível do artista: a obra de arte. Não a partir de sua ingenuidade. É sempre uma resposta a um hoje.

A obra de arte, portanto, poderia ser explicada assim: como uma confissão profunda e íntima que pode se esgotar sob o pretexto de uma lembrança, de uma experiência ou de um acontecimento e, emancipada de seu autor, pode existir sozinha.

Essa autonomia da obra de arte é a beleza. A cada obra de arte vem ao mundo algo novo, uma coisa a mais.

Alguém pode achar, talvez, que nessa definição tudo cabe: das catedrais góticas de Jehan de Beauce a um móvel do jovem Van der Velde.

As explicações da arte que tomam como base a *influência* abrangem muito mais. Em suas consequências, elas também devem necessariamente cometer o erro de falar de gosto em vez de beleza, quer dizer, da oração em vez de Deus. E assim elas se tornam descrentes e se confundem cada vez mais. Devemos declarar que a essência da beleza não reside no influir, mas no ser. Caso contrário, exposições de flores e jardins públicos deveriam ser mais bonitos do que um jardim silvestre, que floresce em qualquer parte e do qual ninguém ouve falar.

II

Ao caracterizar a arte como uma concepção de vida, com isso não me refiro a algo imaginado. Concepção de vida é compreendida aqui no sentido de modo de ser. Portanto, não um dominar-se e limitar-se por causa de determinados fins, mas um despreocupado liberar-se confiando num objetivo seguro. Nenhum cuidado, mas uma cegueira sábia, que segue destemidamente um líder amado. Nenhuma aquisição de uma posse tranquila, aos poucos crescente, mas uma contínua dilapidação de todos os valores mutáveis. Reconhecemos: essa forma de ser tem algo de ingênuo e involuntário e se assemelha àquele tempo do inconsciente cuja melhor característica é uma confiança contente: a infância. A infância é o reino da grande justiça e do amor profundo. Nenhum objeto é mais importante do que outro nas mãos da criança. Ela brinca com um broche de ouro ou com uma flor do campo branca. No cansaço, deixará ambos de lado e esquecerá como os dois lhe pareceram igualmente brilhantes na luz de sua alegria. A criança não padece da angústia da perda. O mundo para ela é ainda uma bela taça, dentro da qual nada se perde. E ela sente como sendo sua propriedade tudo o que um dia viu, sentiu ou ouviu. Tudo o que um dia encontrou. Não pressiona as coisas a se estabelecerem. Qual um bando de nômades escuros a passear pelas suas mãos santas como por um arco do triunfo. Por um momento tornam-se claros em seu amor e voltam a escurecer lá atrás; mas todos precisam passar por esse amor. E o que reluziu um dia no amor permanece como imagem e não se perde jamais. E a imagem é posse. Por isso as crianças são tão ricas.

Evidentemente, sua riqueza é ouro bruto, não moedas comuns. E ela parece perder cada vez mais valor quanto mais poder ganha a educação, que substitui as primeiras impressões involuntárias e absolutamente individuais por conceitos tradicionais e historicamente desenvolvidos, e estampa as coisas, de acordo com a tradição, com o carimbo de valiosas e insignificantes, desejáveis e indiferentes. Este é o tempo da decisão. Ou aquela abundância de imagens permanece intacta por trás da introdução de novos conhecimentos, ou o velho amor afunda como uma cidade moribunda na chuva de cinzas desses inesperados vulcões. Ou o novo se torna a trincheira que protege um fragmento do ser-criança, ou se torna a enchente que a destruirá brutalmente. Isso quer dizer que a criança fica mais velha e sensata no sentido burguês, como cerne de um cidadão útil, entra na ordem de *seu* tempo e recebe sua bênção, ou simplesmente continua a amadurecer tranquilamente no mais fundo de seu ser, a partir de seu mais íntimo ser-criança, e isso significa que se torna pessoa no espírito de *todos* os tempos: um artista.

Nessas profundezas, e não nos dias e experiências da escola, propagam-se as raízes do verdadeiro artista. Elas residem nessa terra mais quente, na quietude nunca perturbada de evoluções sombrias, que nada sabem da medida do tempo. É possível que outras ramificações, que erguem suas forças da educação do solo mais frio, influenciado pelas mudanças da superfície, cresçam mais altas até o céu do que uma árvore de artista profundamente enraizada. Esta não estende seus galhos efêmeros, através dos quais passam os outonos e primaveras em direção a Deus, ao eternamente desconhecido; ela espalha tranquilamente suas raízes, e elas rodeiam o Deus que está por trás das coisas, lá onde é bem quente e escuro.

Como os artistas descem muito mais rumo ao calor de todo devir, *outros* sumos sobem por eles até os frutos. São o amplo sistema circulatório em cujo caminho sempre se inserem novos seres. São os únicos que podem fazer confissões onde os outros fazem perguntas veladas. Ninguém pode reconhecer os limites de seu ser.

A vontade é compará-los à fonte insondável. Então os tempos estão às suas margens e jogam seu julgamento e saber como pedras na inexplorada profundeza, e permanecem à escuta. As pedras continuam a cair há milênios. Nenhuma época ouviu o eco do fundo da fonte.

III

A história é o registro dos precocemente chegados. Sempre desperta na multidão alguém que não tem origem nela e cujo aparecimento se fundamenta em leis mais amplas. Traz consigo costumes desconhecidos e exige espaço para gestos imodestos. Assim, dele emana uma violência e uma vontade que avançam sobre o medo e o respeito como se estivessem sobre pedras. Sem consideração, o futuro fala por meio desse alguém que não tem origem na história; e seu tempo não sabe como deve avaliá-lo, e perde-o nessa hesitação. Ele perece pela indecisão de seu tempo. Morre como um general abandonado ou como um dia precoce de primavera, cuja pressa a indolente terra não entende. Mas séculos depois, quando não são postas mais coroas em sua estátua e seu túmulo está esquecido e verdeja em algum lugar, então ele virá despertar novamente e se aproximar como contemporâneo por meio do espírito de seus descendentes.

Foi assim que voltamos a vivenciar muitos; príncipes e filósofos, chanceleres e monarcas, mães e mártires, para os quais seu tempo foi loucura e resistência, vivem discretos ao nosso lado e sorrindo estendem-nos suas velhas ideias, que já não são ruidosas e difamatórias para ninguém. Eles vão até o fim ao nosso lado, concluem cansados seu ser imortal, colocam-nos como herdeiros de sua eternidade e sucumbem à morte diária. Então seus monumentos não têm mais alma, sua história tornou-se supérflua porque possuímos sua essência como uma vivência própria. Assim, os passados são como andaimes, que vêm abaixo antes de acabada a construção; mas sabemos que toda conclusão volta a tornar-se andaime e que, encoberta por cem quedas, surge a última construção, que se tornará torre e templo, casa e pátria.

Um dia, quando esse monumento se coroar, chegará a vez dos artistas — de serem contemporâneos daqueles concluintes. Pois eles atravessaram os dias como futuríssimos, e não reconhecemos nenhum deles como um irmão. Eles talvez se aproximem de nós com sua mentalidade, tocam-nos com alguma de suas obras, inclinam-se sobre nós, e por um instante compreendemos sua imagem; só que no dia de hoje não podemos mais imaginá-los vivendo e morrendo. E é mais possível que nossas mãos tenham força para erguer montanhas e árvores do que para fechar os olhos visionários de um desses mortos.

E mesmo os criadores de nosso tempo não podem hospedar aqueles grandes, cuja pátria ainda existirá; pois eles próprios não estão em casa e são os que aguardam solitárias figuras do futuro e impacientes solitários. E seu coração alado esbarra em toda parte nos muros do tempo. E, ainda que sejam como sábios que se afeiçoam às suas celas e ao pedacinho de céu preso como uma rede na grade de sua janela, e à andorinha que, confiante, pendurou seu ninho sobre a tristeza, ainda assim eles são nostálgicos que nem sempre querem esperar ao lado de panos dobrados e arcas empilhadas. Muitas vezes são impelidos a estender o tecido, de forma que as imagens e cores interrompidas, idea-lizadas pelo tecelão, ganhem sentido e contexto diante de seu olhar, e querem erguer vasos e ouro (que lhes enche as gavetas) de dentro das posses escuras para o claro uso.

Mas eles são os precocemente chegados. E o que não se resolve na sua vida torna-se sua obra. E eles a colocam fraternalmente ao lado das coisas duradouras, e a tristeza do não vivido é a beleza enigmática ao redor dele. E essa beleza consagra-lhes filhos e herdeiros. E assim se mantém, ao longo da criação, uma estirpe de ainda--não-viventes, que aguardam o seu tempo.

O artista é sempre este: um dançarino cujo movimento se rompe na opressão de sua cela. O que não tem espaço em seus passos e no impulso limitado de seus braços, vem na extenuação de seus lábios, ou precisa arranhar nas paredes, com dedos feridos, as linhas ainda não vividas de seu corpo.

Obras de arte
(1903)

Talvez tenha sido sempre assim. Talvez tenha sempre havido uma grande distância entre uma época e a grande arte que nela surgiu. Talvez as obras de arte tenham sido sempre tão solitárias, como são hoje, e talvez a fama nunca tenha sido outra coisa senão a essência de todos os mal-entendidos que se reúnem em torno de um novo nome. Não há motivo para crer que um dia tenha sido diferente. Pois aquilo que diferencia as obras de arte de todas as outras coisas é a circunstância de que são, por assim dizer, coisas futuras, coisas cujo tempo ainda não chegou. Está distante o futuro do qual se originam; elas são as coisas daquele último século ao qual se junta o grande círculo dos caminhos e evoluções; são as coisas perfeitas e contemporâneas de Deus, o qual as pessoas estão construindo desde o início e que ainda demorarão para concluir.

Se mesmo assim nos parece que as grandes coisas da arte de épocas passadas tenham ficado em meio ao êxtase de seus tempos, isso pode ser explicado pelo fato de que aquele último e maravilhoso futuro, que é a pátria das obras de arte, estava mais próximo dos dias distantes (sobre os quais sabemos tão pouco) do que de nós. O próprio amanhã era uma parte da vastidão e do desconhecido, estava atrás de todos os túmulos, e as imagens de deuses eram os marcos de um reino de profundas realizações. Aos poucos esse futuro se distanciou das pessoas. Crença e superstição se arremessaram para distâncias cada vez maiores, amor e dúvida os jogaram para além das estrelas e para o interior dos céus. Nossas luzes finalmente ganharam visão, nossos instrumentos alcançam o amanhã e o depois de amanhã; com os meios da pesquisa subtraímos do futuro séculos vindouros e os transformamos numa espécie de presente ainda não iniciado.

A ciência se desenrolou como um caminho amplo, inalcançável; as evoluções difíceis e dolorosas das pessoas, dos indivíduos e das massas, preenchem os próximos milênios com uma missão e trabalho infinitos.

E longe, bem longe de tudo isso está a pátria das obras de arte, daquelas coisas curiosamente mudas e pacientes, que como estranhos cercam as coisas de uso cotidiano em meio às pessoas ocupadas, aos animais subservientes e às crianças que brincam.

Cartas ao jovem poeta Kappus
e outras cartas

A FRANZ XAVER KAPPUS

Paris, 17 de fevereiro de 1903

Meu estimado senhor:
Sua carta chegou em minhas mãos só há poucos dias. Gostaria de lhe agradecer por sua grande e amável confiança. Posso fazer muito pouco além disso; não posso aprofundar-me por demais no seu tipo de poesia, pois está distante de mim toda intenção crítica. Como nada mais se pode abordar tão debilmente uma obra de arte do que com palavras críticas: sempre surgem daí mal-entendidos mais ou menos felizes. As coisas não são assim tão compreensíveis e dizíveis como quase sempre gostaríamos de acreditar; a maior parte dos acontecimentos é indizível, ocorre num espaço em que nunca entrou uma palavra, e as mais indizíveis de todas são as obras de arte, existências misteriosas, cuja vida perdura ao lado da nossa, que perece.

Ao antecipar esta nota, permito-me dizer-lhe ainda que seus versos não possuem um caráter próprio, mas rudimentos discretos e ocultos de personalidade. Sinto-o mais claramente no último poema, "Minha alma". Algo de próprio ali quer ganhar forma e expressão com propriedade. E no belo poema "A Leopardi" cresce talvez uma espécie de afinidade com esse grande homem, solitário. Apesar disso, os poemas ainda não são algo em si, algo autônomo, nem o último nem aquele dedicado a Leopardi. Sua amável carta anexa explica certas falhas sentidas durante a leitura de seus versos, sem que eu possa citá-las minuciosamente.

O senhor pergunta se seus versos são bons. Pergunta a mim. Antes perguntou a outros. O senhor envia-os a revistas. Compara-os a outros poemas, e se inquieta quando certos redatores rejeitam seus experimentos. Agora (como me permite aconselhá-lo) peço-lhe que desista disso tudo. O senhor olha para fora, e sobretudo isso o senhor não deveria fazer agora. Ninguém pode aconselhá-lo e ajudá-lo, ninguém. Existe apenas um único meio. Faça um exame de consciência. Investigue a razão que o impele a escrever; observe se ela estende suas raízes ao ponto mais profundo de seu coração; pense se morreria se fosse impedido de escrever. E sobretudo: pergunte-se no mais quieto momento de sua noite: *preciso* escrever? Garimpe em si uma resposta profunda. E se esta resultar afirmativa, se o senhor puder ir ao encontro dessa séria pergunta com um forte e simples "*Preciso*", então construa sua vida a partir dessa necessidade; sua vida, até a sua mais indiferente e ínfima hora, deve tornar-se sinal e testemunho desse ímpeto. Então o senhor irá se aproximar da natureza. Então tente dizer, como se fosse um primeiro ser humano, o que vê e vivencia, ama e perde. Não escreva poemas de amor; afaste-se primeiramente daquelas formas comuns e habituais demais. Elas são as mais difíceis, pois é preciso uma força grande e amadurecida para dar algo próprio onde existem, em grande quantidade, exemplos bons e em parte brilhantes da tradição. Por essa razão, fuja dos temas correntes e aproveite aqueles que oferece o seu próprio cotidiano; descreva suas tristezas e desejos, os pensamentos passageiros e a crença numa beleza qualquer — descreva tudo isso com sinceridade profunda, tranquila, humilde e, para expressar-se, use as coisas que o rodeiam, as imagens de seus sonhos e os objetos de sua lembrança. Se seu cotidiano lhe parece pobre, não reclame dele; reclame de si, diga a si mesmo que ainda não é suficientemente poeta para evocar suas riquezas, pois para o criador não há pobreza nem local pobre, indiferente. E mesmo que estivesse numa prisão, cujas paredes não deixassem chegar aos seus sentidos nenhum dos ruídos do mundo — mesmo assim não lhe restaria ainda sua infância, essa deliciosa riqueza real, esse tesouro das lembranças? Dirija sua atenção para lá. Tente trazer à tona as sensações submersas desse passado longínquo; sua personalidade irá consolidar-se, sua solidão irá estender-se e se tornará uma morada alvorecente, na qual o barulho dos outros passa longe. E se dessa virada para dentro, desse mergulho no próprio mundo vierem *versos*, então o senhor não pensará em perguntar a alguém se são bons *versos*. Também não tentará fazer com que revistas se interessem por esses trabalhos, pois verá neles sua propriedade amada e natural, um pedaço e uma voz de sua vida. Uma obra de arte é boa se surgir por necessidade. Nessa forma de origem reside sua sentença: não há outra. Por isso, meu estimado senhor, não saberia dar-lhe outro conselho que não este: examinar a consciência e averiguar as profundezas das quais surge sua vida; em sua fonte o senhor encontrará as respostas para a questão: *preciso* ou não *preciso* criar? Aceite-a como ela soar, sem interpretá-la. Talvez se comprove que o senhor está predestinado a ser artista. Então tome a seu cargo esse destino, e carregue-o, seu peso e sua grandeza, sem nunca perguntar pela recompensa que poderia vir de fora. Pois o criador deve ser o mundo em si mesmo e encontrar tudo em si e na natureza, à qual se incorporou.

Mas depois dessa descida para dentro de si e para a sua solidão, talvez o senhor desista de ser poeta (basta, como disse, sentir que se poderia viver sem escrever para não fazer isso em absoluto). E aí então esse exame que lhe peço tampouco terá sido em vão. De qualquer forma, a partir de então sua vida tomará seus próprios caminhos, e que sejam eles bons, ricos e amplos, e isso eu lhe desejo mais do que sou capaz de expressar.

O que devo dizer-lhe ainda? Parece que tudo foi devidamente enfatizado; e por fim ainda queria lhe recomendar que siga crescendo com tranquilidade e seriedade através de sua própria evolução; o senhor não irá perturbar mais essa evolução do que se ficar olhando para fora e esperando de fora por respostas a perguntas que talvez só o seu mais íntimo sentimento, em seu maior recolhimento, possa responder.

Foi uma alegria para mim encontrar em sua carta o nome do professor Horacek; tenho grande respeito por esse amável erudito e uma gratidão que já dura anos. O senhor me faria o obséquio de transmitir-lhe essa minha disposição do espírito? É bom saber que ele se lembra de mim; dou valor a isso.

Os versos que amigavelmente me confiou, eu os devolvo aqui. E mais uma vez agradeço pela grandeza e cordialidade de sua confiança, da qual, com esta resposta sincera, procurei ser um pouco mais digno do que realmente sou, sendo eu um desconhecido.

Com toda a devoção e simpatia,

Rainer Maria Rilke

A FRANZ XAVER KAPPUS

Viareggio, *presso* Pisa (Itália)
5 de abril de 1903

Perdoe-me, prezado e estimado senhor, que só agora me lembre, com gratidão, de sua carta de 24 de fevereiro. Durante todo esse tempo fiquei indisposto, não exatamente doente, mas acometido por um abatimento parecido com uma gripe, que me tornou incapaz de fazer qualquer coisa. E por fim, quando nada parecia mudar, vim para este mar do Sul, cujos benefícios já me ajudaram uma vez. Mas ainda não me curei, escrever cansa, e por isso o senhor deve considerar estas poucas linhas como se fossem muitas mais.

É importante saber que sempre me alegrará com cada carta, mas deve ser indulgente com a resposta, que muitas vezes talvez o deixe de mãos vazias; pois a rigor, e justamente nas coisas mais profundas e importantes, estamos indizivelmente sós, e para que um possa aconselhar ou mesmo ajudar o outro é preciso muitos acontecimentos, muito precisa dar certo, toda uma constelação de coisas deve se reunir para que o resultado seja feliz.

Hoje queria dizer-lhe apenas duas coisas:

Ironia: não se deixe dominar por ela, principalmente nos momentos inférteis. Nos criativos, tente servir-se dela como mais um recurso para agarrar a vida. Usada com pureza, ela também é pura, e não é preciso envergonhar-se dela; e se sentir-se familiarizado com ela, tema essa crescente familiaridade e se dedique a objetos grandes e sérios, diante dos quais ela diminuirá, sem forças. Busque a profundidade das coisas: até lá a ironia não desce nunca — e se estiver à beira do grandioso, examine ao mesmo tempo se essa forma de concepção surge de uma necessidade de seu ser. Sob a influência de coisas sérias ela o abandonará (se for uma coisa ocasional) ou então se fortalecerá (caso realmente faça parte do senhor como coisa inata), tornando-se um instrumento sério, e se ordenará à série de recursos com os quais terá de formar sua arte.

E a segunda coisa que queria lhe dizer hoje é: entre todos os meus livros, apenas alguns são indispensáveis, e dois sempre me acompanham aonde quer que eu vá. Estão também aqui comigo a Bíblia e os livros do grande escritor dinamarquês Jens Peter Jacobsen. Pergunto-me se conhece suas obras. Pode encontrá-las facilmente, pois uma parte delas foi publicada, com tradução muito boa, na coleção *Universal Bibliothek*, da editora Reclam. Adquira o livrinho *Seis novelas*, de J. P. Jacobsen, e seu romance *Niels Lyhne*. Comece com a primeira novela do primeiro livrinho, que se chama "Mogens". Um mundo se abrirá para o senhor, a felicidade, a riqueza, a grandeza incompreensível de um mundo. Viva um tempo nesses livros, aprenda com eles o que lhe parecer digno de ser aprendido, mas sobretudo ame-os. Esse amor lhe será retribuído milhares de vezes; e, independente do caminho que tomará sua vida, estou certo de que esse amor seguirá através do tecido de seu devir como um dos mais importantes fios entre todos os fios de suas experiências, decepções e alegrias.

Se tivesse de dizer de quem aprendi alguma coisa sobre a essência da criação, sobre sua profundidade e eternidade, então são apenas dois os nomes que posso citar: o de Jacobsen, esse grande escritor, e o de Auguste Rodin, o escultor que igual não existe entre todos os artistas de hoje.

E tudo de bom em seus caminhos!
Seu

Rainer Maria Rilke

A CLARA RILKE

Viareggio, *presso* Pisa (Itália)
Hotel Florence, 8 de abril de 1903

... aqui novamente um dia de muita intranquilidade e violência. Tempestade sobre o mar. Luz fugitiva. Noite na floresta. E um grande ruído sobre tudo. Estive toda a manhã na floresta e, depois de quatro ou cinco dias de luz forte, a escuridão que lá habitava fez bem a todos os sentidos, e também o frescor e o vento quase cortante. Você precisa imaginar uma floresta de árvores altas, muito altas, escuras, troncos retos de pinheiros e lá em cima seus ramos abertos. O chão escurecido pelas agulhas dos pinheiros e coberto por muitos altos e espinhosos arbustos de giestas, todos cheios de flores amarelas, uma rente à outra. E hoje esse amarelo brilhou na aurora fresca, quase noturna, embalando-se e acenando, e a floresta estava iluminada por baixo e muito solitária. Depois de tomar ar fresco e andar um pouco de pés descalços, passeei horas a fio por lá e pensei, pensei em quase tudo aquilo que estava então na sua querida, queridíssima carta, que me esperava em casa. Na carta de domingo e segunda de manhã. Não quero falar muito de mim, mas em tudo você tem tanta razão, você sabe tão bem do que precisamos, que sou obrigado a concordar com cada uma de suas palavras, para lhe contar tudo o que quero...

Cada um precisa encontrar em seu trabalho o centro de sua vida, e de lá poder irradiar-se para o mais longe possível. E isso uma segunda pessoa não deve ficar observando, mesmo a mais próxima e mais querida; nem nós mesmos devemos. Uma espécie de pureza e virgindade reside nisso, nesse olhar para longe de si mesmo; é como quando se desenha, com o olhar ligado à coisa, entretecido à natureza, e a mão sozinha toma o seu caminho em algum lugar lá embaixo, continua, tem medo, oscila, volta a ficar alegre, continua bem abaixo do rosto, que está lá como uma estrela sobre ela, que não olha, só *brilha*. Minha impressão é de que sempre criei assim: o rosto mirando coisas distantes, as mãos sozinhas. E com certeza assim é que deve ser. Assim quero voltar a ser com o tempo, mas para isso preciso ficar sozinho como estou agora; minha solidão precisa primeiro ser de novo firme e segura como uma floresta nunca pisada, que não teme os passos. Ela precisa perder toda ênfase, todo valor excepcional e toda obrigação. Ela precisa tornar-se cotidiana, natural; os pensamentos que chegam, mesmo os mais fugidios, precisam encontrar-me completamente sozinho, e então novamente decidirão ter confiança em mim; não há algo mais irritante para mim do que perder o hábito da solidão, e quase cheguei a isso. Por isso agora tenho longos caminhos a percorrer, dia e noite, voltando ao que é passado e confuso. E então, quando chegar à encruzilhada e reencontrar o ponto em que começou a errância, quero recomeçar obra e caminho, despretensioso e sério, como iniciante que sou.

E meu coração sente algo grande e solene quando penso que agora nos entendemos a respeito disso e que nesses escuros enigmas concordamos. É como... como se tivéssemos atravessado juntos infinitas evoluções, por mundos e mundos dentro de nós...

A FRANZ XAVER KAPPUS

Viareggio, Pisa (Itália)
23 de abril de 1903

... leia o menos possível coisas estéticas e críticas — ou são visões parciais, que se tornaram petrificadas e sem sentido em sua inanimada obstinação, ou são hábeis jogos de palavras, nos quais hoje domina uma opinião, amanhã a oposta. Obras de arte são de uma solidão infinita, e nada pode alcançá-las tão pouco quanto a crítica. Somente o amor pode compreendê-las e captá-las e pode ser justo com elas. Dê razão toda vez a *si* e ao seu sentimento frente a toda explicação, discussão ou introdução desse tipo; mas se o senhor não tiver razão, então o crescimento natural de sua vida interior o levará lentamente, e com o tempo, a outros conhecimentos. Deixe para seus julgamentos o próprio desenvolvimento tranquilo e não perturbado que, como todo progresso, deve vir do fundo de si mesmo e não pode ser impelido ou acelerado por nada. *Tudo é gestar e depois parir.* Deixe que se aperfeiçoe cada impressão e cada semente de um sentimento bem em si, no escuro, no indizível, inconsciente, no inalcançável à própria consciência, e com profunda humildade e paciência espere pelo momento do parto de uma nova clareza. Apenas isso significa viver como artista: na compreensão como na criação.

E não há como usar o tempo como medida: um ano, dez anos não são nada. Ser artista significa: não calcular nem contar; amadurecer como a árvore que não apura seus sumos e se consola nas tempestades da primavera, sem medo que por trás delas o sol possa não aparecer. Mas ele aparece. Mas só aparece para os pacientes, que existem como se a eternidade estivesse diante deles, tão despreocupadamente quietos e distantes. Aprendo diariamente, aprendo com dor, aquela a qual sou grato: *paciência* é tudo!...

A FRANZ XAVER KAPPUS

Temporariamente em Worpswede (Bremen)
16 de julho de 1903

Há cerca de dez dias deixei Paris, bastante enfermo e cansado, e viajei para uma grande planície ao norte, cuja amplidão, tranquilidade e céu devem devolver a minha saúde. Mas viajei sob uma longa chuva, que só hoje rareia um pouco sobre a terra que sopra inquieta; e utilizo esse instante de claridade para enviar-lhe, estimado senhor, os meus cumprimentos.

Meu estimado senhor Kappus: deixei uma carta sua por muito tempo sem resposta — não que a houvesse esquecido, ao contrário: era daquelas que relemos quando a encontramos entre as cartas, e o reconheci nela como se estivesse muito próximo. Era a carta de 2 de maio, e com certeza o senhor se lembra dela. Quando a leio, como agora, na grande quietude dessas distâncias, então toca-me sua bela preocupação pela vida, mais ainda do que já a havia sentido em Paris, onde tudo soa e ressoa diferente devido ao excessivo barulho, que faz tremerem as coisas. Aqui, onde me rodeia uma imensa terra, sobre a qual os ventos passam, vindos do mar, aqui sinto que àquelas perguntas e àqueles sentimentos, que têm uma vida própria em suas profundezas, ninguém vai poder lhe dar uma resposta; pois até os melhores se equivocam nas palavras, quando estas devem significar o que há de menos audível e quase indizível. Mas apesar disso, acredito que não ficará sem resposta se o senhor se prender a coisas semelhantes àquelas com as quais meus olhos agora se recuperam. Se o senhor se prender à natureza, ao que há de simples nela, ao pequeno que quase ninguém vê e que assim de improviso pode tornar-se grande e incomensurável; se tiver esse amor pelo ínfimo e simplesmente procurar ganhar, como um criado, a confiança daquilo que parece pobre, então tudo se lhe tornará mais fácil, uniforme e de alguma maneira mais conciliador; talvez não no entendimento, que retrocede assustado, mas na sua mais íntima consciência, vigília e saber.

O senhor é tão moço, tão no início de tudo, e gostaria de lhe pedir da melhor maneira possível, estimado senhor, que tenha paciência com tudo o que é insolúvel em seu coração e que tente se afeiçoar às *próprias questões* como quartos trancados e como livros escritos numa língua bem desconhecida. Não busque agora as respostas; não lhe podem ser dadas porque não poderiam viver. E se trata de viver tudo. *Viva* agora as questões. Viva-as talvez aos poucos, sem notar, até chegar à resposta um dia distante. Talvez carregue em si a possibilidade de formar, criar um modo de vida especialmente feliz e puro; eduque-se para isso, mas aceite o que vier com grande confiança, e se vier somente de sua vontade, de alguma necessidade interna, então assuma-o e nada odeie. O sexo é difícil, sim. Mas é difícil o que nos foi confiado, quase toda seriedade é difícil e tudo é sério. Se o senhor reconhecer isso e, a partir de si, de *sua* índole e modo de ser, de *sua* experiência e infância e força, conquistar uma relação bem própria (não influenciada por convenção e costumes) com o sexo, então não precisará mais ter medo de perder-se e ser indigno de suas melhores posses.

 O prazer físico é uma vivência sensível, não diferente da pura contemplação ou do sentimento puro, com o qual um belo fruto enche a boca; ele é uma experiência grande e infinita que nos é dada, um saber do mundo, a abundância e o brilho de todo saber. E ruim não é que o aceitemos; ruim é que quase todos abusam e desperdiçam toda essa experiência e a emprega como estímulo para os momentos cansados de suas vidas e como diversão, concentração de pontos altos. As pessoas também fizeram da comida algo um tanto diferente: necessidade por um lado, excesso por outro; turvaram a limpidez dessa necessidade, e igualmente turvas se tornaram todas as necessidades profundas, simples, nas quais a vida se renova. Mas o indivíduo pode aclará-las para si e viver claramente (e quando não o indivíduo, que é dependente demais, então o solitário). Ele pode lembrar-se de que toda beleza em animais e plantas é uma forma tranquila e duradoura de amor e nostalgia, e ele pode ver o animal como vê a planta, de forma paciente e dócil, unindo-se e multiplicando-se e crescendo não por desejo físico, não por sofrimento físico, inclinando-se a necessidades maiores do que o desejo e o sofrimento e mais poderosas do que vontade e resistência. Ah!, se o homem acolhesse mais humildemente e carregasse, suportasse e sentisse mais seriamente esse mistério que povoa a terra até em suas menores coisas, o que é terrivelmente difícil, em vez de tomá-lo com facilidade! Se tivesse respeito pela sua fertilidade, que é somente *uma*, pareça ela intelectual ou física; pois a criação intelectual também se origina da física, é de uma mesma essência e como uma repetição mais discreta, encantada e eterna do prazer físico. "A ideia de ser criador, de gerar, de formar" não é nada sem sua contínua, grandiosa confirmação e concretização no mundo, nada sem a concordância de animais e coisas repetidas milhares de vezes, e seu desfrute é tão indescritivelmente belo e rico porque está repleto de lembranças herdadas da fecundação e do parto de milhões de seres. Numa ideia de um criador revivem mil noites de amor esquecidas e a preenchem com nobreza e elevação. E aqueles que se reúnem nas noites e estão entrelaçados em prazer acolhedor fazem um trabalho sério e acumulam doçuras, profundidade e força para a canção de um poeta qualquer que vai chegar e levantar para dizer delícias indizíveis. E chamam o futuro; e mesmo que se enganem e se abracem às cegas o futuro virá de fato, um novo homem se levanta, e sob o fundamento do acaso, que aqui parece realizado, desperta a lei com a qual uma semente poderosa, apta à resistência, irrompe o óvulo que o acolhe abertamente. Não se deixe enganar pelas superfícies; nas profundezas tudo se torna lei. E aqueles que vivem o mistério de forma errada e ruim (e são muitos), perdem-no somente para si mesmos e passam-no adiante sem sabê-lo, como uma carta lacrada. E não se confunda com a pluralidade de nomes e a complexidade de casos. Talvez acima de tudo haja uma grande maternidade como nostalgia comum. A beleza da virgem, de um ser que (como o senhor irá dizer tão bem) "ainda nada realizou", é maternidade que se pressente a si mesma e se prepara, teme e anseia. E a beleza da mãe é maternidade a serviço, e na idosa é uma grande lembrança. E também no homem há maternidade, parece-me, corporal e espiritual; seu gerar é também uma espécie de dar à luz, e é dar à luz quando ele cria a partir da plenitude íntima. E talvez os sexos sejam mais afins do que se pensa, e a grande renovação do mundo talvez irá consistir em que homem e mulher, libertados de todos os sentimentos equivocados e aversões, não se procurarão como opostos, mas como irmãos e próximos e se unirão como *seres humanos*, para simplesmente, com seriedade e paciência, carregar juntos a difícil sexualidade que lhes foi imposta.

Mas tudo aquilo que talvez um dia seja possível para muitos, agora o solitário já pode preparar e construir com suas mãos, que se enganam menos. Por isso, meu caro senhor, ame sua solidão e carregue a dor que ela lhe acarreta com um lamento de belos sons. Pois aqueles que lhe são próximos estão distantes, diz-me, e isso mostra que tudo começa a tornar-se amplo ao seu redor. E quando a sua proximidade é distante, então sua distância já está sob as estrelas e é muito grande; alegre-se com seu crescimento, no qual não poderá levar ninguém, e seja bom com aqueles que ficam, seja firme e tranquilo diante deles, e não os torture com suas dúvidas nem os assuste com sua confiança ou alegria, que não poderiam compreender. Procure ter em comum com eles algo simples e leal, que não precisa necessariamente modificar-se quando o senhor mesmo mudar; ame neles a vida numa forma desconhecida e tenha tolerância com as pessoas que estão envelhecendo, que temem a solidão, na qual o senhor confia. Evite fornecer material para aquele drama sempre tenso entre pais e filhos; isso consome muita energia dos filhos e consome o amor dos mais velhos, que atua e aquece, embora não compreenda. Não exija deles um conselho e não conte com qualquer compreensão; mas acredite num amor conservado para o senhor como uma herança, e confie que nesse amor existe uma força e uma bênção, da qual não precisará sair para muito longe!

É bom que em seguida tenha a uma profissão que o torne autônomo e o coloque inteiramente a mercê de si mesmo, em todos os sentidos. Espere pacientemente para ver se sua mais íntima vida se sente limitada pela forma dessa profissão. Considero-a muito difícil e exigente, já que sobrecarregada de muitas convenções e, para um enfoque pessoal de suas tarefas, quase não deixa espaço. Mas sua solidão também será seu pouso e abrigo em meio a relações tão desconhecidas, e a partir dela o senhor encontrará todos os seus caminhos. Receba a companhia de meus melhores votos e saiba que minha confiança permanece a seu lado.

Seu

Rainer Maria Rilke

A LOU ANDREAS-SALOMÉ

Oberneuland (Bremen)
8 de agosto de 1903

... quando fui ver Rodin pela primeira vez, e lá fora, em Meudon, tomei o desjejum na casa dele com pessoas que não conhecia, com estranhos à mesa, então vi que sua casa não era nada para ele, talvez uma pobre pequena necessidade, um teto para tempo de chuva e de descanso; e que não o preocupava e não pesava na sua solidão e recolhimento. Profundamente dentro de si, carregava a escuridão, o refúgio e a calma de uma casa, e acima dela ele próprio se tornara o céu e a floresta em torno e a amplidão e o grande curso d'água que sempre por ali fluía. Que solitário é esse ancião que, mergulhado em si mesmo, se ergue repleto de seiva como uma velha árvore no outono! Ele se tornou profundo; para o seu coração escavou uma profundeza, e o batimento dele vem de longe, como do interior de uma montanha. Suas ideias passeiam ao seu redor e o preenchem com gravidade e doçura e não se perdem na superfície. Ele se tornou apático e duro com o que não tem importância, e como se rodeado por uma velha casca lá está ele entre as pessoas. Mas ele se escancara para o que é importante, e está muito aberto quando se encontra entre as coisas ou onde animais e pessoas o tocam quietos e como coisas. Então é aprendiz e iniciante e espectador e imitador de belezas que normalmente só fluíram entre os que dormem, entre gente distraída e apática. E lá está ele, o observador ao qual nada escapa, o amante que sempre acolhe, o ser paciente que não conta seu tempo e não pensa em querer o que vem depois. Sempre aquilo que ele vê e rodeia com a visão é a única coisa, o mundo no qual tudo acontece; quando molda uma mão, então ela está sozinha no espaço, e não há nada além de uma mão; e em seis dias Deus só fez uma mão e verteu as águas ao seu redor e curvou o céu sobre ela; e descansou sobre ela quando tudo estava acabado, e era uma glória e uma mão.

E essa maneira de ver e viver está tão arraigada em Rodin porque ele a conquistou como artesão: tempos atrás, quando conquistou o elemento tão infinitamente imaterial e simples de sua arte, ganhou para si essa grande justiça, esse equilíbrio, que não vacila diante de um nome, frente ao mundo. Como lhe foi dado ver coisas em tudo, adquiriu a possibilidade de construir coisas; pois essa é sua grande arte. E agora nenhum movimento mais o desconcerta, pois ele sabe que na oscilação de uma superfície tranquila existe movimento, e porque não vê mais que superfícies e sistemas de superfícies, que determinam formas com exatidão e clareza. Não há nada duvidoso para ele num objeto que lhe serve de modelo, lá estão milhares de pequenos elementos de superfície dentro de um espaço, e sua tarefa, depois que cria uma obra de arte, é: incluir a coisa no amplo espaço de forma ainda mais íntima, mas firme, ainda mil vezes melhor, por assim dizer, do que uma forma que não se mexe quando sacudida. O objeto é determinado, o objeto artístico deve estar ainda mais determinado; afastado de toda casualidade, retirado de toda confusão, desobrigado do tempo e entregue ao espaço, ele se tornou permanente, apto à eternidade. O modelo *parece*, o objeto de arte *é*. Assim um é o progresso anônimo sobre o outro, a realização tranquila e crescente do desejo de ser, que emana de tudo na natureza. Com isso não há o equívoco que quis fazer da arte o mais arbitrário e vaidoso ofício; ela é o serviço mais humilde e inteiramente submetido à lei. Mas daquele equívoco todos os criadores e todas as artes estão cheios, e alguém muito poderoso teve de levantar-se contra ele; e precisou ser alguém ativo que não fala e cuida das coisas sem cessar. Desde o início sua arte foi realização (e o contrário da música, que como tal modifica as aparentes realidades, do mundo diário e retira-lhes ainda mais o caráter de realidade transformando-as num brilho leve, deslizante. Por isso também essa contradição da arte, esse não condensar, essa tentação de emanar tem tantos amigos, ouvintes e adeptos, tantos sem liberdade e ligados ao prazer, os que cresceram não a partir de si mesmos mas os que se deixam encantar por um elemento exterior...). Rodin, nascido na pobreza e numa classe social inferior, viu melhor do que ninguém que toda beleza de pessoas, animais e coisas está ameaçada por relações e tempo, que ela é um momento, uma juventude, que vem e vai em todas as idades, mas não dura. O que o intranquilizava era justamente a *aparência* daquilo que ele considerou imprescindível, necessário e bom: a aparência da beleza. Ele quis que ela *fosse*, e viu ser sua missão adaptar coisas (pois as coisas duravam) ao mais tranquilo e eterno mundo do espaço menos ameaçado; e na sua obra ele empregou inconscientemente todas as leis da adaptação, de forma que ela se desenvolveu organicamente e se tornou apta à vida. Já muito cedo ele tentou não fazer nada "pela aparência"; nele não houve um retrocesso, mas uma proximidade contínua e inclinação para aquilo que está se criando. E hoje essa sua característica se tornou tão forte que quase se poderia dizer que a aparência de suas coisas lhe é indiferente, o tanto que ele vivencia o *ser* das coisas, sua realidade, seu desprendimento geral do incerto, sua bondade e plenitude, sua independência; elas não estão na Terra, mas giram ao seu redor.

E como sua grande obra proveio de seu ofício, da vontade quase não intencional e humilde de fazer coisas cada vez melhores, hoje ele, intocado e puro de intenções e matérias, é como o mais despretensioso dentre suas coisas maduras. As grandes ideias, os significados sublimes chegaram até ele como leis que se cumprem naquilo que é bom, perfeito; ele não as chamou. Não as quis; curvado como um servo, ele seguiu seu caminho e fez uma Terra, cem Terras. Mas cada Terra que vive irradia seu céu e joga longe, para a eternidade, noites estreladas. Isto: que ele nada tenha inventado dá à sua obra essa comovente imediatez e pureza; ele não reuniu anteriormente os grupos de figuras, as composições maiores de figuras, enquanto ainda eram ideias (pois a ideia é uma coisa — e quase nada —, a realização, porém, é outra e é tudo). Ele logo fez coisas, muitas coisas, e somente a partir delas formou a nova unidade ou deixou que crescesse, e assim suas composições se tornaram íntimas e legítimas porque se uniram não ideias, mas coisas. E essa obra só poderia ter partido de um trabalhador, e aquele que a construiu pode tranquilamente negar a inspiração; ela não lhe sobrevém, porque ela está nele, dia e noite, causada por cada olhar, um calor produzido por todos os movimentos de sua mão. E quanto mais as coisas cresciam ao seu redor, mais raros eram os incômodos que o alcançavam; pois diante das realidades ao seu redor todos os ruídos cessavam. Sua própria obra o protegeu; ele morou nela como numa floresta, e sua vida deve ter durado muito, pois o que ele plantou transformou-se em floresta alta. E, quando se anda por entre as coisas com as quais ele mora e vive, que revê e aperfeiçoa diariamente, sua casa e os ruídos nela são algo indizivelmente pequeno e secundário, e vê-se aquilo somente como num sonho, estranhamente adiado e preenchido por uma seleção de pálidas lembranças. Sua vida diária e as pessoas que a ela pertencem estão ali como um leito fluvial vazio, através do qual ele não mais flui; mas isso não é algo necessariamente triste: pois ao lado disso ouve-se o grande rumor e o curso imponente do rio, que não quis se dividir em dois braços...

E creio, Lou, que assim deve ser... Oh!, Lou, num poema que consigo escrever há muito mais realidade do que em cada relação ou simpatia que eu sinta; quando crio, sou verdadeiro, e gostaria de encontrar a força para fundamentar minha vida totalmente nessa verdade, nessa infinita simplicidade e alegria que às vezes me é dada. Já buscava isso quando fui ao encontro de Rodin; pois eu há anos pressentia ser sua obra exemplo e modelo infinitos. Agora, que vim de lá, sei que também eu não poderia exigir e procurar outras realizações além de minha obra; esta é minha morada, nela estão as figuras que realmente me são próximas, as mulheres que preciso e os filhos que crescerão e viverão longamente. Mas como começar esse caminho? Onde está o artesanato de minha obra, seu ponto mais profundo e humilde, no qual me foi permitido começar a trabalhar? Quero tomar todo caminho de volta até aquele início, e tudo o que fiz não terá sido nada, terá sido menos do que varrer um umbral, ao qual o visitante seguinte trará novamente o rastro do caminho. Tenho séculos de paciência em mim e quero viver como se meu tempo fosse muito grande. Quero recolher-me de todas as dispersões, e dos usos muito precipitados quero ir buscar e poupar o que é meu. Mas ouço vozes com boas intenções e passos que se aproximam, e minhas portas se abrem... E quando procuro pessoas, elas não me aconselham nem sabem o que quero dizer. E com os livros também sou assim (assim indefeso), e eles também não me ajudam, como se também eles fossem humanos demais... Somente as coisas falam comigo. As coisas de Rodin, as coisas das catedrais góticas, as coisas da Antiguidade, todas as coisas que são coisas perfeitas. Elas me apontaram os modelos; o mundo móvel, vivo, simples e visto sem interpretação como pretexto para as coisas. Começo a ver o novo: as flores muitas vezes me parecem que são em número infinito, e de animais me vieram inspirações singulares. E às vezes também assim vivencio pessoas, mãos vivem em algum lugar, bocas falam, e vejo tudo mais calmo e com maior justiça.

Mas ainda me falta disciplina, o poder trabalhar e dever trabalhar pelos quais há anos anseio. Falta-me a força? Minha vontade está doente? É o sonho em mim que obstrui toda ação? Dias passam, e às vezes ouço a vida que se vai. E nada ainda aconteceu, ainda não há nada real ao meu redor; e sempre volto a me dividir e me esparramo, e apesar disso gostaria tanto de correr sobre um leito de rio e tornar-me grande. Pois — não é, Lou? —, assim deve ser; queremos ser como uma corrente e não entrar em canais e levar água aos pastos? Não é, devemos nos conservar juntos e murmurar? Talvez, quando ficarmos muito velhos, devêssemos um dia, bem no final, ceder, nos estender e desembocar num delta (...) *Querida* Lou!

Rainer

A FRANZ XAVER KAPPUS

Roma, 29 de outubro de 1903

... não, aqui não há mais beleza do que em qualquer outro lugar, e todos esses objetos sempre admirados pelas gerações, os quais mãos de obreiros melhoraram e restauraram, nada significam, nada são e não têm coração nem valor; mas há muita beleza aqui, porque em toda parte há muita beleza. Águas infinitamente vivas passam pelos velhos aquedutos para a grande cidade e dançam nas muitas praças sobre travessas de pedra branca e se estendem em pias largas, espaçosas, e murmuram durante o dia e elevam seu murmúrio à noite, que aqui é grande e estrelada e maleável pelos ventos. E há jardins aqui, alamedas inesquecíveis e escadas escadas, idealizadas por Michelângelo, escadas construídas à maneira das águas que deslizam, na queda parindo um degrau de outro degrau, como uma onda de outra onda. Através de tais impressões a pessoa se recolhe, volta a se conquistar entre a multidão exigente, que aqui fala e conversa (e como é loquaz!), e aprende lentamente a reconhecer as pouquíssimas coisas nas quais perdura o eterno que se pode amar, e a solidão, à qual se pode associar silenciosamente...

A FRANZ XAVER KAPPUS

Roma, 23 de dezembro de 1903

Meu estimado senhor Kappus,
O senhor não deverá passar sem uma saudação minha no Natal, quando, em meio à festa, suportar a sua solidão mais dificilmente do que nunca. Mas, se então perceber que ela é grande, contente-se com isso; pois (assim irá se perguntar o senhor) o que seria uma solidão que não tivesse grandeza? Só existe *uma* solidão, e ela é grande e não é fácil de carregar, e para quase todos chegam os momentos em que gostariam de trocá-la por uma reunião, mesmo a mais banal e ordinária, pela aparência de um pequeno entendimento com quem quer que esteja próximo, com o mais indigno... Talvez sejam essas precisamente as horas em que a solidão cresce; pois seu crescimento é doloroso como o crescimento dos meninos e triste como o início das primaveras. Mas isso não deve desconcertá-lo. O que é preciso é somente o seguinte: solidão, grande solidão interior. Penetrar-em-si-mesmo e não encontrar ninguém durante horas — e é preciso saber alcançar isso. Estar sozinho, como se esteve sozinho quando criança enquanto os adultos vagavam enredados em coisas que pareciam importantes e grandes, porque eles pareciam ocupados e porque não se entendia o que faziam.

E quando um dia se compreende que sua ocupação é pobre, suas atividades petrificadas e não mais ligadas à vida, por que então não continuar a olhar para isso como uma criança que olha para algo desconhecido, saído das profundezas do próprio mundo, da amplitude da própria solidão, que é ela mesma trabalho, posto e profissão? Por que querer trocar a sábia incompreensão de uma criança por rejeição e desprezo, já que não compreender é mesmo estar-só, mas rejeição e desprezo são participação naquilo de que não se quer separar por esses meios.

Pense, estimado senhor, no mundo que carrega dentro de si e chame esse pensamento como quiser; pode ser lembrança da própria infância ou saudade do próprio futuro — só atente para o que surge no senhor, e coloque-o acima de tudo o que observar ao seu redor. Seu acontecimento mais íntimo é digno de todo o seu amor, nele o senhor deve trabalhar de alguma forma e não perder muito tempo nem muita coragem explicando sua postura às pessoas. Quem lhe diz que o senhor tem uma postura? Bem sei, sua profissão é dura e totalmente oposta à sua natureza; previ sua reclamação e sabia que ela chegaria. Agora que chegou, não posso tranquilizá-lo, só posso aconselhá-lo a refletir: não serão todas as profissões assim, cheias de exigências, cheias de hostilidades contra o indivíduo, como que saturadas pelo ódio daqueles que, calados e taciturnos, se acomodaram ao prosaico dever? A posição social na qual agora deve viver não é mais pesadamente carregada de convenções, preconceitos e enganos do que todas as outras classes sociais, e se há aquelas que ostentam uma liberdade maior, da mesma forma não há nenhuma que seja ampla, vasta e esteja relacionada com as grandes coisas das quais é feita a vida real. Somente o indivíduo solitário se situa como uma coisa abaixo das leis profundas, e quando um deles sai para a manhã que se inicia, ou olha para a noite, cheia de acontecimentos, e quando sente o que ali se passa, então toda a sua posição social cai por terra, como se caísse de um morto, embora ele esteja no meio da vida como ela é. O que agora, estimado senhor Kappus, deve vivenciar na qualidade de oficial teria sentido de forma semelhante em qualquer das profissões existentes, até mesmo se, fora de qualquer posição, tivesse procurado com a sociedade só um contato leve e autônomo, esse sentimento opressivo não lhe teria sido poupado. Em toda parte é assim, mas isso não é motivo para angústia ou tristeza; se não há uma comunhão entre as pessoas e o senhor, tente estar próximo das coisas que não abandonará; as noites ainda existem, e os ventos, que passam pelas árvores e sobre muitos países; e entre as coisas e nos animais tudo ainda está envolto em acontecimentos, dos quais pode participar; e as crianças ainda são como o senhor era quando criança, tão tristes e felizes — e se pensar na sua infância então continuará a viver entre elas, entre as crianças solitárias, já que os adultos nada são, e a dignidade deles nada vale.

E quando se angustiar e se atormentar ao pensar na infância e no que é simples e tranquilo e que se relaciona a ela, porque o senhor não pode mais acreditar em Deus, que está em toda parte, então se pergunte, caro senhor Kappus, se perdeu de fato Deus. Não se trata muito mais do fato de nunca tê-Lo possuído? Pois quando teria ocorrido isso? Acredita que uma criança pode detê-Lo, Ele, a quem os homens só carregam com esforço e cujo peso comprime os anciãos? Acredita que quem realmente O tem pode perdê-Lo como a uma pedrinha, ou também não acha que quem O tivesse poderia ser perdido somente por Ele? Mas se o senhor reconhece que Ele não esteve em sua infância, nem antes; se pressente que Cristo foi enganado por seu anelo e Maomé burlado por seu orgulho — e se sente com pavor que Ele também não existe agora, neste momento em que falamos Dele —, então o que o autoriza a sentir falta Dele e procurá-Lo como alguém que passou — Ele, que nunca existiu —, como se estivesse perdido?

Por que não pensa que Deus é o que está para chegar, que se destaca desde a eternidade, aquele que é futuro, o fruto finito de uma árvore cujas folhas somos nós? O que o impede de lançar o nascimento dele para os tempos vindouros e viver sua vida como um dia doloroso e belo na história de uma grande gravidez? Não vê o senhor como tudo o que acontece sempre volta a ser começo, e não poderia ser o Seu começo, já que o início sempre é tão bonito? Se Ele é o mais perfeito, não precisa haver algo menor *antes* Dele para que Ele possa se escolher na abundância e no excesso? Não deveria Ele ser o último para abranger tudo em si, e que sentido teríamos se Aquele pelo qual ansiamos já tiver sido?

Assim como as abelhas acumulam o mel, nós buscamos o mais doce de tudo e O construímos. Até com o que há de menor, com o que é insignificante (mesmo que seja somente por amor), comecemos; com o trabalho e com o descanso depois, com um silêncio ou com uma pequena alegria solitária com tudo o que fazemos sozinhos, sem participantes nem dependentes, comecemos a construir Aquele que não conhecemos, da mesma forma que nossos antepassados não nos conheceram. Mas esses que viveram há muito tempo estão em nós, como predisposição, como carga em nosso destino, como sangue que murmura, e como gesto que ascende das profundezas do tempo.

Existe algo que lhe possa retirar a esperança de estar alguma vez Nele, no mais distante, no mais extremo?

Estimado senhor Kappus: celebre o Natal com esse sentimento devoto de que talvez Ele precise exatamente dessa sua angústia de vida para começar; justamente esses seus dias de transição sejam talvez o tempo em que tudo no senhor trabalha Nele, como um dia o senhor, quando criança, já trabalhou Nele febrilmente. Seja paciente e bem-humorado, e pense que o mínimo que podemos fazer é não dificultar o Seu devir mais do que a terra resiste à chegada da primavera.

Desejo que encontre alegria e consolo.

Seu

Rainer Maria Rilke

A FRANZ XAVER KAPPUS

Roma, 14 de maio de 1904

Meu caro senhor Kappus,
Muito tempo passou desde que recebi sua última carta. Não se aborreça comigo; primeiro foi o trabalho, depois incômodos e por fim um mal-estar, o que sempre me afastava desta resposta que (assim eu queria) deveria chegar ao senhor oriunda de dias tranquilos e bons. Agora me sinto um pouco melhor (o começo de primavera, com suas mudanças más, caprichosas, também se fez sentir duramente por aqui) e consigo saudá-lo, estimado senhor Kappus, e comentar (o que faço de muito bom grado) uma coisa ou outra de sua carta, da melhor maneira que puder.

Veja: copiei seu soneto porque achei que era belo e simples e nascido numa forma que lhe confere uma discreta dignidade. São os melhores versos que pude ler de sua lavra. E agora lhe devolvo esta cópia porque sei ser importante e cheio de novas experiências reencontrar um trabalho próprio em grafia alheia. Leia os versos como se fossem de outrem, e em seu mais íntimo ser irá sentir o quanto são seus. Foi uma alegria para mim ler várias vezes esse soneto e sua carta; agradeço-lhe por ambos.

E o senhor não pode confundir em sua solidão porque algo no senhor deseja sair dela. Justamente esse desejo, se o utilizar tranquila e refletidamente como uma ferramenta, o ajudará a propagar sua solidão sobre um território amplo. Com ajuda de convenções, as pessoas sempre solucionaram tudo orientando-se pelo que é mais fácil e pelo lado mais fácil do que é fácil; mas está claro que devemos nos deter no que é difícil; tudo o que é vivo se mantém nele, tudo na natureza cresce e se defende à sua maneira e é algo próprio de si mesmo, tenta sê-lo a qualquer preço e contra toda resistência. Sabemos pouco, mas devemos nos deter no que é mais difícil, é uma segurança que não nos abandonará; é bom estar sozinho, pois a solidão é difícil; se uma coisa é difícil para nós deve ser mais uma razão para que a façamos.

Amar também é bom: pois o amor é difícil. O bem-querer de pessoa para pessoa: essa talvez seja a tarefa mais difícil que nos foi dada, o supremo, o último teste e prova, o trabalho para o qual todos os outros trabalhos são apenas preparação. Por isso os jovens, iniciantes em tudo, ainda não são capazes de amar: precisam aprender. Com todo o ser, com todas as forças reunidas em torno de seu coração solitário, angustiado, acelerado, eles precisam aprender a amar. O tempo de aprendizado, porém, é sempre um tempo longo, acabado, e assim é amar por muito tempo e avançando na vida: solidão, estar sozinho de forma intensificada e aprofundada para aquele que ama. Amar a princípio não é nada que signifique nascer, dedicar e se unir a outro (pois o que seria uma união do impreciso e inacabado, ainda desordenado?), é uma ocasião sublime para o indivíduo amadurecer, tornar-se algo em si, tornar-se mundo, tornar-se mundo para si por causa de outro; é uma exigência grande para ele, algo que o elege e o chama para a vastidão. Somente nesse sentido, como missão de trabalhar em si (escutar e martelar dia e noite), os jovens poderiam utilizar o amor que lhes é dado. A simbiose, a entrega e toda sorte de coletividade não são algo para eles (que ainda devem poupar e acumular por muito, muito tempo), é o finito, é talvez aquilo para o que vidas humanas ainda mal são suficientes agora.

Nisso, no entanto, os jovens se enganam tão frequente e gravemente: pois eles (cuja essência se caracteriza pela impaciência), ao se jogarem uns nos braços dos outros quando o amor os acomete, se dispersam em toda sua desarrumação, desordem, confusão...: mas o que então deve ser isso? O que deve fazer a vida com esse monte de meio fracassados, que eles chamam de sua coletividade e com muito prazer desejariam chamar de sua felicidade, se fosse possível, e seu futuro? Aí cada um se perde por causa do outro e perde o outro e muitos outros que ainda queriam chegar. E perde as distâncias e possibilidades, troca o aproximar-se e fugir de coisas discretas, cheias de presságios, por uma perplexidade infértil, da qual nada mais pode sair; nada além de um pouco de asco, desilusão e pobreza e a salvação numa das muitas convenções que são apresentadas em grande número como refúgios comuns nesse caminho dos mais perigosos. Nenhum âmbito da vivência humana é tão provido de convenções como este: cintos de salva-vidas dos mais variados tipos, barcos e boias estão lá; a convenção social soube criar refúgios de toda sorte, pois, como tendia tomar a vida amorosa como um divertimento, ela também teve de aperfeiçoá-la levemente, de forma barata, inofensiva e segura, como são as diversões públicas.

Muitos jovens que amam erradamente, ou seja, simplesmente entregando-se e sem estar sozinho (a média sempre vai permanecer nisso), até sentem o aspecto opressor de um insucesso e querem tornar apto à vida e frutífero o estado em que foram cair, à sua maneira própria, pessoal; pois sua natureza lhes diz que as questões do amor, menos ainda do que tudo o que normalmente é importante, podem ser solucionadas publicamente e segundo este ou aquele acordo; que são questões, questões imediatas de pessoa para pessoa que necessitam de uma resposta nova, especial, *apenas* pessoal. Mas como eles, que já se juntaram e não mais se limitam e diferenciam, que portanto não mais possuem algo próprio, podem encontrar uma saída de si mesmos, das profundezas da solidão já obstruída?

Eles agem por desamparo comum, e quando então, na maior boa vontade, querem evitar a convenção que lhes cabe (como o casamento), caem nas garras de uma solução convencional menos ruidosa, mas igualmente mortal; pois aí então tudo — bem em volta deles — é convenção; onde se age a partir de uma coletividade precocemente confluente, turva, toda ação é convencional. Todas as relações para as quais leva tal equívoco têm sua convenção, mesmo sendo ela não usual (isto é, no sentido habitual, amoral); sim, até mesmo a separação seria um passo convencional, uma decisão impessoal, de ocasião, sem força e sem fruto.

Quem olha seriamente vê que, como para a morte, que também é difícil, não se descobriu para o amor uma explicação, uma solução, uma saída; e para essas duas missões, que carregamos veladas e transmitimos sem mostrá-las, não poderá ser investigada uma regra comum, baseada em acordo. Mas à mesma medida que começamos a tentar a vida como indivíduos, essas grandes coisas nos encontrarão, com maior proximidade. São enormes as exigências que nos impõe, a nosso desenvolvimento, o penoso trabalho do amor, e, como iniciantes, não estamos maduros para elas. Mas se resistirmos e tomarmos para nós esse amor como carga e tempo de aprendizado, em vez de nos perdermos em todo esse jogo fácil e leviano, atrás do qual as pessoas se esconderam daquilo que é mais sério em sua existência, então um pequeno progresso e um alívio talvez se tornem perceptíveis para aqueles que vêm muito depois de nós; e isso seria muito.

Mas só agora chegamos a observar, livres de preconceitos e objetivamente, a relação de uma única pessoa com uma segunda, e nossas tentativas de viver tal relação não têm um exemplo diante de si. Mas no transcurso do tempo já há alguma coisa que quer ajudar nossa insegura iniciação.

A moça e a mulher, em seu desenvolvimento novo e próprio, só temporariamente imitarão jeitos e maus jeitos masculinos e repetirão profissões masculinas. Depois da insegurança de tais transições irá se comprovar que as mulheres, através da abundância e alternância daquele disfarce (muitas vezes ridículo), só passaram por isso para limpar sua essência das influências deturpadoras do outro sexo. As mulheres nas quais, de forma mais direta, frutífera e confiá--vel, a vida se demora e mora, devem a rigor ter-se tornado pessoas mais maduras, pessoas mais humanas do que o homem, leve, não atraído pelo peso de um fruto não corporal sob a superfície da vida; o homem que, petulante e precipitado, subestima o que acredita amar. Essa humanidade da mulher, suportada sob dores e rebaixamentos, se tornará evidente então quando ela tiver se despojado das convenções do exclusivamente feminino nas mudanças de sua situação externa; e os homens, que hoje ainda não sentem que isso está por vir, se verão surpreendidos e estupefatos com o acontecido. Um dia (já agora, sobretudo nos países nórdicos, falam e brilham sinais confiáveis), um dia ser mulher não mais significará somente uma oposição ao masculino, mas algo por si só, algo que não se pense em complemento nem limite, apenas em vida e existência: o ser feminino.

Esse progresso transformará a vivência do amor, que agora está plena de equívocos (a princípio muito a contragosto dos homens superados), irá modificá-los fundamentalmente, remoldá-los numa relação de pessoa para pessoa, não mais de homem para mulher. E esse amor mais humano (que se realizará de forma infinitamente respeitosa e discreta, na união e, também, na dissolução) se assemelhará àquele que preparamos lutando e com esforço, o amor que consiste em que duas solidões se protejam, se limitem, se saúdem mutuamente.

E ainda teria o seguinte a dizer ao senhor: não acredite que aquele seu grande amor imposto na adolescência está perdido. Naquele tempo não estavam já maduros no senhor desejos grandes e bons e propósitos dos quais vive ainda hoje? Creio que aquele amor permanece tão forte e poderoso em sua lembrança por ter sido o seu primeiro e profundo estar-só e o primeiro trabalho interior que fez na vida. Envio-lhe os melhores votos, caro senhor Kappus!

Seu

Rainer Maria Rilke

A CLARA RILKE

Borgeby gard, Flädie, província de Skane, Suécia
24 de julho de 1904

... não estou ocioso e não há indolência em mim: há toda sorte de correntezas e um movimento que é o mesmo nas profundezas e na superfície. Um movimento ótimo. Não escrevo sequer o diário, fico sempre só esperando passar por todas as cartas que ainda devem ser escritas e ler os livros que ainda devem ser lidos. Também já é alguma coisa que eu esteja tentando ler em dinamarquês, diariamente de três a quatro horas, o que toma tempo, e exige esforço. Apesar de tudo isso, parece-me que construo algo; no invisível, no mais que invisível, num fundamento qualquer; não, isso é demais; mas levanto a base para algo que um dia ali seja construído; uma atividade absolutamente insignificante, para a qual são suficientes (como se pensa) diaristas e obreiros.

Com isso só quis dizer como vão as coisas aqui; sem reclamação e sem lamento, é isso. Talvez fosse melhor que eu batizasse esse tempo: descanso, e o viveria assim (não se deve misturar descanso e trabalho, meio a meio, como sempre acontece por falta de decisão e força), mas para isso falta-me a alegria, falta-me alguma coisa que eu antes deveria ter feito. Um ponto de partida, um testemunho, uma prova superada por mim mesmo.

Esse tempo, como agora passa, está sendo bom para mim, se não me recolhendo, então preparando o recolhimento. O verão nunca foi mesmo em lugar algum a estação que desposei. Sempre e em toda parte só procurei vencê-lo; mas o outono este ano deveria ser meu de novo. Se habitasse um aposento tranquilo, rodeado de grandes árvores outonais de folhas secas, perto do mar, sozinho, com saúde e em paz (em Copenhague e na proximidade de Sunde tudo isso poderia ser encontrado, na melhor das hipóteses), muita coisa poderia mudar em minha vida, poderia haver alguma salvação no mundo.

... Petri. Sim, também me lembro de uma conversa magnífica com ele sobre Edgar Allan Poe. Havia muito de essencial ali, embora também houvesse, especialmente para o lado do humorístico, inconvenientes que não superamos. Sem dúvida ele cresce, e por isso ele também fica mal, e isso é o mais simpático nele: que permanece necessitado. Há anos ele continua passando mal, de um mal sincero (embora talvez por ele mesmo procurado, chamado). Que ele nunca saia dele: músicos estão cheios de saídas, de acordo com as leves resoluções que sua arte lhes sugere. Somente quando, como Beethoven vivo ou Bach rezando, desprezam e negam resolução após resolução, eles crescem. Caso contrário, simplesmente aumentam o volume do corpo.

... observada de forma absoluta, sem considerar a conversa mais baixa que ocupa o mundo todo, a mais acertada conversa me parece agora uma divagação. Recentemente pensei, quando aqui me deixei levar à noite (e ainda por cima em francês), em dizer algo importante. Senti isso após as extenuantes conversas com Norlind no início de minha estada aqui. Que gosto amargo, que sensação de esgotamento, que estado de espírito de amanhã-depois-de-uma--orgia sobra disso tudo! E quanta culpa se sente! Antes eu sempre achava que viria um arrependimento de não se ter entregue ao completamente delicado, maduro; mas, não, isso simplesmente decorre de que o gasto é pecado, é música, é abandono. A rigor, devemos nos fechar para nossas melhores palavras e entrar na solidão. Pois a palavra deve tornar-se humana. Esse é o segredo do mundo!...

A FRANZ XAVER KAPPUS

Borgeby gard, Flädie, Suécia
12 de agosto de 1904

Quero lhe falar mais um pouco novamente, caro senhor Kappus, embora não possa dizer quase nada que vá ajudá-lo, quase nada de útil. O senhor teve muitas e grandes tristezas que passaram. E diz que esse passar também foi difícil e deprimente para o senhor. Porém, por favor, considere se essas grandes tristezas não passaram, isso sim, através do senhor. Pense se muita coisa não mudou no senhor, se em algum lugar, em algum ponto de seu ser, o senhor não mudou enquanto estava triste. Perigosas e ruins são somente aquelas tristezas que se levam para junto das pessoas a fim de calá-las; como doenças, tratadas de forma superficial e tola, elas apenas se recolhem e se manifestam depois de um pequeno intervalo de maneira ainda mais terrível; e se acumulam em nosso interior e são vida, são vida não vivida, desdenhada, perdida, da qual se pode morrer. Se fosse possível para nós ver além do que alcança nosso saber, e um pouco mais além do trabalho preliminar de nossos antepassados, talvez então suportássemos nossas tristezas com maior confiança do que nossas alegrias. Pois elas são os instantes em que algo novo entrou em nós, algo desconhecido; nossos sentimentos emudecem em tímido acanhamento, tudo em nós se recolhe, surge um silêncio, e o novo, que ninguém conhece, está ali no meio e cala.

Creio que quase todas as nossas tristezas são momentos de tensão que sentimos como uma paralisia porque não mais ouvimos nossos sentimentos de estranheza com a vida. Porque estamos sozinhos com o desconhecido que entrou em nós; porque tudo o que é familiar e habitual nos foi retirado por um instante; porque estamos no meio de uma transição em que não podemos parar. Por isso a tristeza também passa: o novo em nós, o acrescido, entrou em nosso coração, foi para seu mais íntimo reduto e também não está mais lá, já está no sangue. E não ficamos sabendo o que foi.

Facilmente poderíamos acreditar que nada aconteceu, e mesmo assim nos transformamos, como uma casa se transforma quando entra um hóspede. Não podemos dizer quem chegou, talvez nunca saibamos, mas há muitos indícios de que o futuro nos penetre para se transformar dentro de nós muito antes de acontecer. E por isso é tão importante estar sozinho e atento quando se está triste: porque é em um momento fixo, em que aparentemente nada acontece, que nosso futuro entra em nós; esse momento está muito mais próximo da vida do que aquele outro instante, ruidoso e ocasional, pleno de realidade, como se viesse de fora. Quanto mais tranquilos, pacientes e abertos somos ao estar tristes, tanto mais profundamente e firme o que é novo entra em nós, tanto melhor o conquistamos mais ele se torna o *nosso* destino, e quando ele "acontecer" um dia (ou seja: saindo de nós para os outros) em nosso íntimo nós nos sentiremos semelhantes e próximos a ele. E isso é necessário. É necessário — e até lá nosso desenvolvimento caminhará aos poucos — que nada estranho nos suceda, mas somente aquilo que há muito nos pertence. Já foi preciso repensar tantos conceitos de movimento, que aos poucos também se aprenderá a reconhecer que aquilo que chamamos destino procede das pessoas, e não as penetra de fora para dentro. Somente porque tantas pessoas não absorveram seus destinos, enquanto neles viviam, e não transformaram em si mesmos, não reconheceram o que deles provinha; era-lhes tão estranho que, com seu medo confuso, acharam que ele deveria ter adentrado neles justo naquele momento, pois juram nunca antes terem sentido algo semelhante. Assim como por muito tempo estivemos enganados sobre o movimento do sol, continuamos a nos enganar sobre o movimento do futuro. O futuro é certo, caro senhor Kappus, pois nos movimentamos no espaço infinito.

Como não deveríamos ter dificuldades?

E quando voltamos a falar dessa solidão, então fica cada vez mais claro que a rigor isso não é nada que se possa escolher ou abandonar. Estamos sós. Podemos nos enganar a respeito disso e fazer de conta que não é assim. Isso é tudo. Mas é melhor reconhecer que somos sós, até mesmo partir desse fato. É claro então que vamos mentir; pois todos os pontos nos quais nosso olho costumava repousar nos são retirados, nada mais há perto, e tudo o que é distante está infinitamente distanciado. Quem, quase sem preparação e transição, saísse de seu aposento para ser colocado no topo de uma grande montanha deveria sentir algo parecido: uma insegurança sem igual, uma entrega a um anonimato que quase o destruiria. Ele pensaria estar caindo ou acreditaria ser arremessado para o espaço ou explodido em milhares de pedaços: que mentira monstruosa seu cérebro precisaria inventar para recuperar e clarificar o estado de seus sentidos. Assim, dessa forma, para aquele que se torna solitário modificam-se todas as distâncias, todas as medidas; a partir dessas mudanças acontecem de repente muitas outras, e para aquele homem no topo da montanha surgem então ilusões incomuns e sensações estranhas, que parecem crescer para além de tudo o que é suportável. Mas é necessário que nós também vivenciemos *isso*. Devemos imaginar nossa existência a uma *distância* maior possível; tudo, também o inaudito, deve ser possível nela. A rigor, essa é a única coragem que se exige de nós: ser corajoso ante o mais estranho, mais esquisito e mais inexplicável que pudermos encontrar. O fato de que, nesse sentido, as pessoas tenham sido covardes causou um enorme prejuízo à vida; as vivências que chamamos "fenômenos", todo o chamado "mundo dos espíritos", a morte, todas essas coisas que nos são tão próximas foram tão expulsas da vida por uma rejeição cotidiana que os sentidos, com os quais poderíamos compreendê-las, se atrofiaram. De Deus nem há o que falar. Mas o medo do inexplicável não empobreceu apenas a existência do indivíduo, também as relações de pessoa para pessoa foram limitadas por ele, por assim dizer, retiradas do leito do rio de infinitas possibilidades para um ponto baldio da margem, no qual nada acontece. Pois não é somente a indolência que faz com que as relações humanas se repitam de forma tão indizivelmente monótona e não renovada, mas também o medo de alguma vivência nova, imprevisível, para a qual não se acredita estar maduro. Mas só quem está preparado para tudo, quem nada exclui, nem mesmo o mais enigmático, viverá a relação com o outro como algo vivo e esgotará até mesmo sua própria existência. Pois, em geral se pensa essa existência do indivíduo como um espaço maior ou menor, isso mostra que a maioria das pessoas só conhece um ponto no seu espaço, um lugar à janela, uma faixa, na qual vai e vem. Assim elas têm uma certa segurança. Mas é muito mais humana aquela insegurança que pressiona os prisioneiros, nas histórias de Poe, a tatear as formas de seu terrível cárcere e não desconhecer os indizíveis sobressaltos de sua estada ali. Mas não somos prisioneiros. Armadilhas e cordas não estão preparadas ao nosso redor, e não há nada que deveria nos amedrontar ou atormentar. Fomos colocados na vida como se ela fosse o elemento ao qual mais correspondemos, e além disso, através de adaptação milenar, ficamos tão parecidos com essa vida que, quando ficamos quietos, quase não podemos ser diferenciados, através de um feliz mimetismo, de tudo o que nos rodeia. Não temos motivo para desconfiar de nosso mundo, pois ele não está contra nós. Se houver sobressaltos, são os *nossos* sobressaltos; se tiver abismos, esses abismos nos pertencem; se existirem perigos, devemos tentar amá-los. E se construirmos nossa vida somente segundo aquele princípio que nos aconselha a nos prender sempre ao difícil, aquilo que agora ainda nos parece o que há de mais estranho irá tornar-se o que há de mais familiar e fiel. Como esquecer aqueles antigos mitos que estão no início de todos os povos, os mitos dos dragões, que no momento mais extremo se transformam em princesas? Quem sabe todos os dragões de nossa vida sejam princesas, que só esperam ver-nos belos e corajosos um dia? Talvez tudo o que é terrível seja, bem no fundo, o desamparado que quer nosso amparo.

    Então, caro senhor Kappus, o senhor não deveria se assustar quando uma tristeza surgir à sua frente, tão grande como nunca viu outra antes; quando uma inquietação, como luz e sombra de nuvens, passar por sua mão e por todas as suas ações. Deve pensar que algo no senhor acontece porque a vida não o esqueceu, que ela o toma pela mão; não o deixará cair. Por que quer excluir de sua vida uma intranquilidade, uma dor, uma melancolia, se não sabe o que esses estados estão produzindo no senhor? Por que não quer perseguir a questão da origem de tudo isso e de seu fim? Pois o senhor sabe que está em transição e nada desejaria mais do que transformar-se. Se algo em seus processos é doentio, pense que a doença é o meio pelo qual um organismo se liberta do elemento estranho; então é preciso apenas ajudá-lo a estar doente, possuir toda a sua doença e irromper, pois esse é seu progresso. No senhor, caro Kappus, acontecem tantas coisas agora; deve ter a paciência de um doente e os cuidados de um convalescente; pois talvez seja ambos. E mais: o senhor também é o médico que tem de supervisionar a si mesmo. Mas em toda doença há muitos dias em que o médico nada pode fazer além de esperar. E isso é o que o senhor, na medida em que é o seu médico, deve fazer sobretudo agora.

Não se observe em demasia. Não tire conclusões muito rápidas daquilo que lhe sucede; simplesmente deixe que as coisas aconteçam. Caso contrário vai facilmente chegar ao ponto de olhar para seu passado com acusações (isto é: moralmente), o qual, evidentemente, participa de tudo o que agora lhe sucede. O que age no senhor a partir dos enganos, desejos e nostalgias de seu tempo de rapaz não é aquilo que lembra e condena. As relações extraordinárias de uma infância solitária e desamparada são tão difíceis, tão complicadas, entregues a tantas influências e ao mesmo tempo tão libertas de todas as verdadeiras circunstâncias de vida que, onde aparece um vício nelas, não se pode simplesmente chamá-lo de vício. Em geral, é preciso ser muito cuidadoso com os nomes; muitas vezes é o *nome* de um crime que destrói uma vida, não a própria ação anônima e pessoal, que talvez fosse uma necessidade bem definida dessa vida e pudesse ser aceita por ela sem esforço. E o consumo de energia lhe parece tão grande só pelo fato de o senhor superestimar a vitória; não é ela a "grande coisa" que acredita ter feito, embora tenha razão de sentir isso; a grande coisa é que algo já existia e que o senhor pôde colocar no lugar daquele engano, algo verdadeiro, real. Sem isso sua vitória também só teria sido uma reação moral, sem grande significado, mas assim ela se tornou uma etapa de sua vida. De sua vida, caro senhor Kappus, na qual penso agora com tão bons votos. Lembra-se de como essa vida ansiou por sair da infância, para as coisas "grandes"? Vejo como agora ela anseia pelo maior, além do grande. Por isso não cessa de ser difícil, mas por isso também não cessará de crescer.

E se ainda tenho algo a lhe dizer, então é isto: não acredite que quem tenta consolá-lo vive sem problemas, entre palavras simples e serenas, que às vezes fazem bem ao senhor. A vida dele é de muita labuta e tristeza e permanece bem atrás do senhor. Mas, se fosse diferente, ele nunca poderia ter encontrado aquelas palavras.

Seu

Rainer Maria Rilke

A FRANZ XAVER KAPPUS

Furuborg, Jonsered, Suécia
4 de novembro de 1904

Meu estimado senhor Kappus,
Nesse tempo que se passou sem cartas, estive parte em viagem, parte tão ocupado que não pude escrever. E ainda hoje escrever me parece difícil pois já escrevi muitas cartas, de forma que minha mão se cansou. Se pudesse ditar iria dizer-lhe muita coisa, mas aceite apenas poucas palavras para a sua longa carta.

Caro senhor Kappus, concentro tanto meus votos no senhor que isso de alguma forma deveria ajudá-lo. Que minhas cartas realmente possam ser uma ajuda, disso duvido muitas vezes. Não diga: sim, elas o são. Aceite-as simplesmente e sem muita gratidão, e vamos esperar pelo que virá.

Talvez de nada adiante responder a cada uma de suas palavras, pois o que eu poderia dizer sobre sua tendência à dúvida ou sobre sua incapacidade de harmonizar a vida exterior com a interior, ou sobre tudo o que em geral o aflige, é sempre aquilo que já disse: sempre o desejo de que o senhor encontre em si paciência bastante para suportar, e simplicidade bastante para acreditar; que adquira cada vez mais confiança naquilo que é difícil e na sua solidão. E quanto ao resto, deixe a vida acontecer. Acredite-me: a vida tem razão, de qualquer maneira.

E sobre os sentimentos: puros são todos os sentimentos que o senhor sintetiza e guarda; impuro é o sentimento que abrange apenas *um* lado de seu ser e o deforma tanto. Tudo o que o senhor pode pensar, tendo em vista a sua infância, é bom. Está certo tudo o que faz do senhor mais do que até agora já foi em seus melhores momentos. Cada intensidade é boa se ela está em *todo* o seu sangue, se não é êxtase, turvação, mas alegria, a qual se vê até o fundo. Entende o que quero dizer?

E sua dúvida pode tornar-se uma boa qualidade, caso o senhor a *eduque*. Ela deve tornar-se sábia, deve tornar-se crítica. Pergunte a ela sempre que ela queira deturpar algo seu por que algo é feio, exija provas dela, teste-a, e talvez o senhor a encontre perplexa e embaraçada, talvez também revoltada. Mas não ceda, exija argumentos e aja assim, atento e coerente, todas as vezes, e chegará o dia em que ela, de destruidora, passará a ser uma de suas melhores colaboradoras — talvez a mais inteligente de todas que constroem a vida do senhor.

É tudo, caro senhor Kappus, o que posso lhe dizer hoje. Mas ao mesmo tempo envio-lhe a separata de um pequeno poema publicado agora no *Deutsche Arbeit*, de Praga. Nele continuo a falar para o senhor da vida e da morte e daquilo que as duas têm de grande e esplêndido.

Seu

Rainer Maria Rilke

A UMA MOÇA

20 de novembro de 1904

O fato de só saudá-la com poucas palavras, por conta de dias muito cansativos, vai parecer-lhe ingratidão, já que ainda encontrou tempo para me dizer tantas amabilidades.

Suas palavras foram uma cara mensagem para mim. Somente isso quero escrever-lhe. Alegro-me em saber de sua existência, para às vezes pensar em sua figura e rodeá-la de desejos: que a vida se lhe abra, de par em par; que encontre em si a capacidade de confiar nela e a coragem de dar justamente ao que é difícil o maior crédito. Aos *jovens* eu desejo sempre dizer só uma coisa (é quase a única coisa que até agora sei com certeza): que sempre devemos nos orientar pelo que é *difícil*; esta é a nossa parte. Devemos ir tão fundo na vida que ela esteja sobre nós e seja um *peso*: não o prazer deve estar à nossa volta, mas a vida.

Pense: a infância não é difícil em todo o seu contexto inexplicado? Não serão difíceis os anos de mocidade — como um cabelo longo, pesado, eles não puxam a cabeça para o fundo de uma grande tristeza? E não deve ser diferente; se para muitos a vida então de repente se torna mais leve, mais fácil e alegre, isso ocorre somente porque desistiram de levá-la a sério, de carregá-la verdadeiramente e de senti-la e cumpri-la com a sua mais própria essência. Esse não é um progresso no sentido da vida. É uma recusa de todas as suas amplidões e possibilidades. O que nos é exigido é que *amemos a dificuldade* e aprendamos a lidar com ela. Naquilo que é difícil estão as forças amistosas, as mãos que trabalham em nós. No meio da dificuldade devemos ter nossas alegrias, nossa felicidade, nossos sonhos: ali, diante das profundezas desse cenário, eles se distinguem, e só então vemos como são belos. E somente na escuridão da dificuldade nosso precioso sorriso tem um sentido; só então ele brilha com sua luz profunda, sonhadora, e na claridade que ele propaga por um instante vemos milagres e tesouros pelos quais estamos rodeados. É tudo o que sei dizer e aconselhar. O que de mais eu já soube e entendi para além de todo saber está nos meus versos, que leu tão amavelmente.

É tão natural para mim *entender moças e mulheres*; a vivência mais profunda do criador é feminina, pois é uma vivência que concebe e pare. O poeta Obstfelder escreveu uma vez, ao falar do rosto de um homem desconhecido: "era" (quando começou a falar) "como se uma mulher tivesse tomado seu lugar dentro dele"; parece-me que isso combina com todo poeta que começa a falar.

E agora, ademais, a sua carta chegou de Florença. Do lugar em que a maior parte das canções do livro *Mir zur Feier* foram sentidas e escritas.

Na Lung'Arno Serristori nº 13 (esquina da Piazza Demidoff) há uma casa com um telhado plano. O quarto construído lá em cima no telhado era minha morada, o teto, minha varanda, e toda Florença lá embaixo, em seu esplendor de moça, era minha. Talvez se lembre disso ao passar por lá.

Seu grato

Rainer Maria Rilke

A CLARA RILKE

Meudon-Val-Fleury chez Rodin, quarta-feira
20 de setembro de 1905

... o que são todas as temporadas de descanso, todos os dias na floresta e no mar, todas as tentativas de viver saudavelmente; e os pensamentos em tudo isso o que são frente a essa floresta, esse mar; o que é esse indescritivelmente calmo descanso no olhar de Rodin olhar que se detém e se sustenta, frente à contemplação de sua saúde e segurança. Ouve-se o rumor de forças que afluem em alguém, vem uma alegria de viver, uma capacidade de viver sobre alguém, da qual eu não tinha ideia. Seu exemplo é incomparável, sua grandeza se eleva de tal forma diante de alguém como uma torre bem próxima, e sua bondade, quando vem, é como um pássaro branco, que traça círculos cintilantes em torno de alguém, até pousar sobre o seu ombro, confiante. Ele é tudo, de longe tudo. Falamos muitas, muitas coisas. Faz-lhe bem falar de muitos temas, e mesmo que eu não consiga acompanhar sempre, impedido pela língua, a cada dia que passa me preparo cada vez melhor para ouvir. Lembre-se destas três últimas manhãs: levantamos bem cedíssimo, às cinco e meia, ontem até mesmo às cinco, e fomos para Versailles; na estação de trem tomamos uma carruagem e fomos para o parque, e nela andamos durante horas. E então ele mostra tudo: uma distância, um movimento, uma flor, e tudo de que ele chama a atenção é tão belo, tão reconhecido, tão assustado e jovem que o mundo se une à juventude desse dia, que começa com névoa, quase um chuvisco, e aos poucos é tomado pelo sol, quente e leve. Então ele conta sobre Bruxelas, onde viveu seus melhores dias. O modelo de *Âge d'airain* foi um soldado, e sua hora de chegar é muito variada. Às vezes às cinco da manhã, às vezes às seis da tarde; seu companheiro reprimiu-o em outros trabalhos, reprimiu-o por ambição, e assim lhe restava quase todo o tempo. E em tempo ele passava nas redondezas de Bruxelas, sempre andando com Madame Rodin (que é uma pessoa boa, fiel), nos bosques, sempre caminhando. Primeiro ele instalava sua caixa de tintas em algum lugar e pintava. Mas logo ele notou que nisso perdia tudo, tudo o que era vivo, as vastidões, as transformações, as árvores elevando--se e a névoa baixando, todos esses multifacetários acontecimento e resignação; notou que, pintando, se contrapunha a tudo como um caçador, enquanto, como observador, era uma parte daquilo, reconhecido por ele, inteiramente acolhido, decomposto, era paisagem. E esse ser-paisagem, durante anos, esse levantar-se com o sol e essa participação em tudo o que é grande, deu-lhe tudo aquilo que precisava: esse saber, essa capacidade de alegria, essa juventude orvalhada, nunca tocada, de sua força, essa harmonia com o importante e esse tranquilo entendimento com a vida. Sua sensatez vem daí, sua sensibilidade para o que é belo, sua convicção de que no pequeno e no grande pode haver a mesma grandeza imensurável, que vive na natureza em milhões de transformações. "E se eu hoje ainda chegasse a desenhar na natureza, então faria como nos meus nus, um contorno bem rápido que em casa eu melhoraria, mas de resto só olhar e se ligar e fazer-me igual a tudo o que me rodeia." E enquanto falamos de tantas coisas assim, Madame Rodin colhe flores e as traz: lírios verdes ou folhas, ou nos chama a atenção de faisões, perdizes, pegas (um dia precisamos voltar cedo para casa porque ela havia achado um perdiz doente e o levou para tratá-lo), ou colhe cogumelos para o cocheiro, que algumas vezes também é inquirido quando ninguém sabe o nome de uma árvore. Foi nas alamedas dos olmeiros que margeiam o parque de Versailles, fora do Trianon. Um galho foi quebrado: Rodin o observou por muito tempo, tocou as folhas de belas formas, cheias de filamentos, e por fim disse: bem, agora sei disso para sempre: *c'est l'orme.*[6] Assim ele é, em tudo tão acolhedor como uma taça, e tudo torna-se fonte, onde ele se demora, brilha e reflete. Ontem tomei café da manhã na cidade com ele e Carrière e um escritor, Charles Morice; mas normalmente não vejo ninguém fora ele. À noitinha, no crepúsculo,

---

6. Do francês: "É o olmeiro".

quando ele volta da rue de l'Université, sentamo-nos junto ao tanque cercado e aos seus três jovens cisnes e os observamos, e falamos de muita coisa e coisas sérias. Também de você. É bonito como Rodin vive sua vida, maravilhoso. Assim, fomos nos encontrar com Carrière no atelier da rue de l'Université; chegamos pontualmente ao meio-dia. Carrière atrasou. Rodin olhou algumas vezes para o relógio enquanto verificava a correspondência que encontrou, mas quando olhei novamente encontrei-o mergulhado no trabalho. Assim ele gasta seu tempo de espera!...

Depois do jantar recolho-me logo, e às oito e meia já estou há muito em minha caminha. Então diante de mim está a ampla e florescente noite estrelada, e embaixo, diante da janela, o caminho de cascalho sobe até um pequeno monte, sobre o qual, em fanático silêncio, descansa uma imagem de Buda, a indizível coesão de seu gesto entregue sob todos os céus do dia e da noite, em quieta discrição. *"C'est le centre du monde"*[7], disse a Rodin. Então ele olha de forma tão amável, amistosa. E isso é muito bonito e muita coisa. Lembra-se da grande mesa de refeição na sala de jantar? Uma metade está agora completamente tomada por peras, peras grandes e apetitosas, ali apertadas (colhidas ontem do jardim). Está lá um vaso de pedra com um enorme buquê de pequenas sécias outonais roxas, que crescem em arbustos, e, rodeado por essas flores como se fossem um céu, um pequeno corpo de moça da Antiguidade. É magnífico. E Rodin, de seu lugar, sempre olha para ele e tem diariamente novas e ternas comparações, com as quais ele dá às coisas belas o que lhes corresponde... Bom domingo...

---

7. Do francês: "É o centro do mundo".

A CLARA RILKE

Capri, Villa Discopoli
17 de dezembro de 1906

Sempre... eu poderia... reler a sua (quinta) carta. A cada vez com uma nova escuta no coração... Se Lou soubesse quantas cartas assim escrevo em pensamento a mim mesmo. Cartas longas com tais réplicas. Todas elas me são bem familiares. Conheço seus rostos, para os quais olhei horas a fio, sei o quanto se aproximam cada vez mais, em linha reta e às cegas, em minha direção. E mesmo assim há algo novo na maneira com que vieram dessa vez, algo que me deixou mais atento a elas do que talvez seja normalmente. Agradeço... por transmitir-me essas palavras, que só o fato de tomá--las, ordená-las e, onde você achou necessário, recusá-las pode ter--lhe custado suficiente trabalho e exigido bastante de você... E assim isso também se juntou às muitas, muitas, coisas que a vida lhe solicita. Ela veio e precisou de você, precisou de toda sua força, sua lembrança de palavras, de fatos, de tristezas, de exageros indelicados, quase desesperados, com os quais eu às vezes tento chegar até o fundo da sinceridade, e com isso causando sofrimento a você e a mim mesmo. Você precisou ver tudo isso, elevar-se diante de si, com toda a ameaça, dureza, desesperança momentânea que emerge, e precisou encontrar a determinação, esse gesto de superioridade desprovido de vertigens de colocar-se acima disso, frente a Lou, e defender o que acometeu você mesma com tanta frequência quando estava indefesa.

... Comigo acontece assim: estou verdadeiramente, apaixonadamente pronto a não desperdiçar nenhuma dessas vozes que devem chegar. Quero ouvir cada uma delas, quero retirar meu coração do peito e segurá-lo no meio das palavras de disputa e repreensão, de forma que ele não seja tocado por elas apenas de um lado, de longe. Mas ao mesmo tempo não quero desistir de meu posto ousado, tantas vezes irresponsável, e trocá-lo por um lugar mais inteligível, resignado, antes que a última voz, a mais extrema, definitiva, tenha falado comigo; pois somente nesse ponto sou acessível e aberto a todas elas, somente nesse ponto encontra-me tudo aquilo que em termos de destino, clamor ou poder quer me encontrar, somente a partir daqui poderei um dia obedecer, obedecer tão incondicionalmente como agora incondicionalmente resisto. Através de toda penetração prematura naquilo que como "dever" quer me dominar e me fazer útil, eu bem que excluiria algumas inseguranças e a aparência daquele constante querer-escapar de minha vida, mas sinto que com isso também os grandes e maravilhosos gestos de ajuda que intervém em mim, numa sequência quase rítmica, seriam excluídos de uma ordem previsível, conduzida com energia e consciência do dever, à qual eles não mais pertencem. Lou acha que não se tem o direito de escolher entre os vários deveres e de se eximir dos mais próximos e mais naturais; mas meus mais próximos e naturais, desde meu tempo de rapaz, sempre foram estes aqui, ao lado dos quais sempre tento estar, e se desejei assumir outros não foi como mais uma nova tarefa para além da primeira, ela mesma já excessivamente grande, mas porque acreditei reconhecer em certos deveres um ponto de apoio, uma ajuda, algo que formasse um ponto seguro em minha inconstante existência desterrada, algo inamovível, duradouro, real. Para dizer a verdade, não planejei fazer algo para o surgimento e a existência dessa realidade, achei que ela viria como vem tudo o que é maravilhoso e miraculoso, da profundidade de nossa união, de sua enorme necessidade e pureza. Em sã consciência não podia mesmo assumir um novo trabalho, uma nova profissão, e se falei em responsabilidade pensei e ansiei por uma responsabilidade pela existência mais profunda e íntima de uma realidade querida, indelevelmente relacionada a mim. E me eximi dessa responsabilidade? Não tento, da melhor maneira que posso, assumi-la e, por outro lado, a minha nostalgia, em grande escala, não terá se realizado infinitamente? O que pretende a experiência malograda, feita com as mesquinhas, provar contra esse fato? Como poderá me desmentir a circunstância de que ainda somos obrigados a separar cada vez mais nossas vidas em comum, que na prática também se apoiam reciprocamente, já que meu mundo com vocês só dessa maneira evoluiu para o inominável? Desde aquele tempo, quando em uma pequena casa coberta de neve, Ruth nasceu, começou a crescer e continua a crescer, a partir desse ponto central, ao qual não posso limitar minha atenção enquanto a periferia avançar para todos os lados em direção ao infinito. Mas não será somente desde então que existirá um centro, algo inalterável, uma estrela, de cuja posição só então pude determinar o movimento de meu céu e batizar as estrelas, que antes eram apenas um amontoado? Vocês não seriam aquela árvore na planície indescritivelmente vasta de meu caminhar, para a qual sempre retorno, para a qual às vezes olho para saber onde estou e até onde preciso continuar? Se moramos assim, separados por dias de viagem, e tentamos fazer o que nosso coração exige de nós dia e noite (não nos afastamos do difícil em prol do difícil? Não teria eu essa consciência, pelo menos para mim, assim como tento viver essa vida solitária?), diga: não existiria de fato uma casa ao nosso redor, uma casa real, para a qual só falta o signo visível, de forma que os outros não a veem? Mas não a vemos nós mesmos então justamente com mais clareza, essa casa afetuosa, na qual desde o início estamos juntos e da qual um dia só sairemos para ir ao jardim?

  Essa forma de seguir a ordem, a que nas minúcias uma polícia deveria nos obrigar (entendo muito bem, e com toda seriedade, o que Lou quis dizer com isso), os anjos já não nos detiveram para fazermos isso com a profunda, convicta inexorabilidade que lhes foi dada?

  Ah!... você entende que eu gostaria de adaptar minhas forças e minha medida ao que é grande; desde rapaz eu tinha a sensação de me juntar às pessoas grandes, maduras, como a irmãos mais velhos, porém, nunca acreditei que merecesse sua convivência, na medida em que primeiro se deve lidar com o que é medíocre e inferior. Por isso frequentemente pode dar a impressão de que eu viva a vida em ordem inversa; a maior parte das pessoas a assume ao contrário, e também consegue prosperar no cotidiano até o começo do que é extraordinário, até mesmo adentrando o extraordinário. Isso pode valer e permanecer válido para eles. Para mim a ascensão por esse lado era algo da ordem do impossível. Como eu estava precocemente extenuado no espírito e fisicamente esgotado teria permanecido nos princípios do cotidiano e, de um modo ou de outro, morrido. Foi quando pela primeira vez, porém, se estabeleceram aquelas forças que, na medida em que me distanciaram dos primeiros obstáculos, se colocaram no início de tarefas maiores e menos temporais, para as quais eu estava estranhamente maduro e ainda não desencorajado. Então comecei meu trabalho, por assim dizer, nesse Além (e Lou foi a primeira pessoa que me ajudou nisso), não distanciado da gravidade da vida, mas da dificuldade; lá, liberado de todo o meu receio, fui instalado num sentimento para o qual, embaixo, eu nunca teria encontrado um caminho: no amor à vida, que era resultado da experiência, para mim tão indispensável, de que a vida não era o elemento hostil, mas eu, eu mesmo, e todo o resto comigo; então recebi, de mãos indescritivelmente sábias, o direito àquela entrega que, aqui embaixo, teria sido uma destruição para mim, enquanto lá em cima, em meio às grandes forças, ela se tornou minha beleza, meu crescimento, aquilo em que posso confiar ilimitadamente.

E, estando lá em cima, onde passei a maior parte de minha vida madura, não estarei eu naquilo que é real, difícil, submetido a deveres? E, se eu andar o suficiente, não deverá chegar um ponto onde a parte de cima e a parte de baixo se cruzam de forma tão imperceptível, como um dia também sucederá àqueles que trilharam até o fim o outro caminho, o de baixo, de modo sincero e fiel?

Eu me sinto um pouco como o povo russo, do qual os que estão distantes e os que passaram a desconfiar também dizem que esse povo finalmente deveria, a partir do desenvolvimento que teve até agora, ser trazido para o caminho normal de aprendizado e encarar a realidade, a fim de chegar a realizar algo. E algo iria se realizar, com toda certeza. Assim como os ocidentais realizaram algo, aqui e ali, passando de uma coisa para outra. Mas será que o povo russo chegaria àquele Uno a que anseia, só e unicamente, sua alma, passando por todo o resto? Acho que ficaria totalmente separado disso, e para sempre. Mas será que ninguém terá a permissão de se aproximar desse Uno, o qual tanto desejam também os que renunciam, em sua própria renúncia?

Para o povo russo agora as "chances" parecem ter terminado. Eu ainda tenho uma chance. Sei que nem sempre utilizei todas como deveria, talvez tenha até desperdiçado uma ou outra, mas aceito-as cada vez mais como tarefas e exigências muito grandes, e se o bom Deus me der muitas chances, e ainda mais uma outra, elas não serão demais, enquanto Ele achar necessário; talvez Ele não pare porque eu entenda cada vez melhor e, ao aceitar essas chances, faça pequenos progressos, e como prova eu Lhe mostraria meu livrinho, caso Ele exigisse uma...

A CLARA RILKE

Capri, Villa Discopoli
19 de dezembro de 1906

... pode-se na noite de Natal ler uma carta; mas sobretudo: como se consegue escrever quatro dias antes uma que possa ser lida nessa noite? Não escrevo a Ruth. Não sou eu que devo lhe falar, você também não, embora você irá estar ao lado dela e sentir em sua face aquele cabelo delicado e macio, quando juntas forem olhar a árvore de Natal que deve lhes falar, sobretudo a ela, a querida, querida criança, que então, quando você a vir novamente, estará um pouco maior e lhe dará melhor a mão. Reveja-a bem... Reveja-a não somente maternalmente, observe-a também com seus sérios olhos de trabalho: você poderá ficar então muito contente. Diante desses olhos essa noite será perfeita, e se você não se deixar confundir não lhe parecerá estranho e angustiante que eu realmente não esteja ao lado de vocês: ...nada, nada mesmo pode me impedir de estar em torno de vocês, de forma que me sintam; e se eu realmente estive outrora então sempre muito de mim (com exceção daquela primeira noite de Natal em Westerwede) que significasse represensão, que, mesmo que não no último instante, sem dúvida ainda uma hora antes, gostaria de poder ficar sozinho, distante, Deus sabe onde. Esse rosto, que encontrava o seu e às vezes era tomado pelas lindas mãozinhas de Ruth, encostado numa face firme, quente, feliz, esse rosto sentiu-se tão pouco pronto também naquela noite, e assim de fato estava. Esse rosto deveria estar na solidão, muito atrás das mãos dele, muito no escuro. Deveria existir para os pensamentos dele e, a partir desses pensamentos, olhar lá fora para ninguém, encontrando um pedaço de céu, uma árvore, um caminho, algo simples com que possa começar, algo que ainda não lhe seja pesado demais; quantas vezes, quando vocês o observavam, ele se mostrou disperso em sua incompletude, um rosto que não foi o necessário para dentro, nem o necessário para fora, um rosto parado no meio do caminho, como um espelho somente em parte opaco, refletindo em alguns pontos, em outros transparente, e nunca vocês viram ali a grandeza da confiança de vocês e a inteireza desse amor que aquele rosto não foi capaz de acolher. Mas, se um dia ele tiver de lhes ser devolvido melhor, então ainda será preciso trabalhar nisso muito tempo, dia e noite.

A CLARA RILKE

Paris, 29, rue Cassette
24 de junho de 1907

... hoje cedo [chegou] sua longa carta, com todos os seus pensamentos... Objetos artísticos são de fato sempre resultado do ter-estado-em-perigo, do ter-ido-até-o-fim numa experiência, até onde ninguém mais pode ir. Quanto mais longe se vai, tanto mais própria, tanto mais pessoal, tanto mais única se torna uma experiência, e o objeto artístico é a expressão necessária, irreprimível, a expressão mais definitiva possível dessa unicidade... Nisso reside a enorme ajuda do objeto artístico para a vida daquele que precisa realizá-lo: é sua síntese, o nó no rosário em que sua vida expressa uma oração, a prova que sempre retorna, que existe para ele próprio, a prova de sua unidade e veracidade, que só se volta de fato para ele mesmo e parece anônimo para o exterior, sem nome, apenas como necessidade, como realidade, como existência.

Portanto, é certo que o artista sempre precisa se examinar e se experimentar em relação ao elemento externo, mas também está provavelmente comprometido a não expressar, dividir, comunicar esse extremo *perante* a entrada na obra de arte: como coisa única que ninguém mais entenderia nem poderia entender, por assim dizer, como loucura pessoal ele tem de entrar na obra para nela se legitimar e mostrar a Lei, como um desenho inato que só se torna visível na transparência do elemento artístico. Apesar disso, existem duas liberdades de comunicação, que me parecem ser as extremamente possíveis: uma relaciona-se com o objeto realizado; e a outra com a própria vida cotidiana, na qual nos mostramos a nós mesmos o que nos tornamos através do trabalho e nos aproximamos, nos auxiliamos e admiramos reciprocamente também pelo trabalho (entendido no sentido mais humilde). Mas tanto em um quanto em outro caso é preciso mostrar resultados, e não se trata de falta de confiança nem de privação mútua e nem de exclusão se não apresentarmos a nós mesmos os instrumentos do devir, que têm em si um tanto de confuso, atormentador e válido somente para o uso pessoal. Penso muitas vezes que loucura teria sido, quão destrutivo para ele, se Van Gogh tivesse tido de partilhar com alguém a singularidade de sua visão, tivesse de ter contemplado com alguém os motivos, antes de fazer deles quadros seus, essas existências que lhe dão razão com toda a alma, que respondem por ele, que evocam a sua realidade. Em cartas ele acreditou precisar disso às vezes (embora também nelas ele trate, quase sempre, daquilo que já está acabado), mas logo que surgiu Gauguin, o companheiro tão desejado, o camarada de ideias, e ele teve de cortar a orelha por desespero, depois que ambos estavam decididos a odiar-se mutuamente e, na melhor oportunidade, eliminar o outro do mundo. Só que isso é uma coisa: sentimento de artista para com outro artista. Coisa diferente é a mulher e sua parte. E uma terceira coisa (mas imaginável somente como tarefa para os anos futuros), a complexidade que é ser mulher artista. Ah!, isso em geral é uma questão totalmente nova, e as ideias começam a dar mordidas por todos os lados, basta que se dêem apenas alguns passos para seu interior. Sobre isso não escreverei mais hoje. Minha relação com meus "modelos" certamente ainda é errada, especialmente porque na verdade ainda não posso usar modelos humanos (prova: ainda não os faço) e estarei ocupado com flores, animais e paisagens por longos anos. (A cena inicial de *Alcestes* é talvez o primeiro avanço no mundo das "personagens".)

    Veja..., escrevo com pressa, para ter tempo para fazer outras coisas. Não compreenda mal a pressa em minha escrita: o conteúdo não é tão apressado nem o que me leva a escrever. Prossigo em tom inteiramente monomaníaco a fim de pedir uma informação sobre a conversa rodiniana; não sei porque acredito que seria valioso para mim participar um pouco dela...

    Vollmoeller esteve aqui; vi-o. Está como há dez anos, bom e cordial, mas um completo homem-automóvel, e com muitas ações...

A CLARA RILKE

Paris, 29, rue Cassette
4 de outubro de 1907

... é sempre como se estivéssemos numa esponja molhada que alguém espreme. Que efeito estranho esse de ser tirado assim da ordem! No entanto, as estações são justamente tão belas e reconfortantes por suas conexões e contrastes, podemos nos orientar por elas; mas desta vez foi, subitamente, tudo o que aconteceu, como se alguém folheasse uma enciclopédia numa outra língua e continuasse a ler, com algo completamente diferente no lugar do T ou do Y.

Claro, caso estivesse tão seguro de meu trabalho como deveria estar, aquela mudança não me faria perder a calma, mesmo tendo um resfriado: se eu deveria ver e fazer coisas justamente a partir dessa condição. (Foi uma situação semelhante em Schmargendorf que certa vez, inesperadamente, se bem me lembro, me fez escrever as páginas num único fôlego, numa noite de tempestade.) Mas continuo tão longe de poder trabalhar o tempo todo! Van Gogh talvez pudesse perder a calma, mas o trabalho estava além da calma, ele nunca podia perdê-lo. E Rodin, quando não se sente bem, está bem próximo do trabalho, escreve belas coisas em inúmeros papéis, lê Platão e reflete sobre ele. Mas tenho a impressão de que não é apenas disciplina ou pressão ser assim dedicado ao trabalho (normalmente isso cansaria, como me cansou nas últimas semanas); é pura alegria; é o bem-estar natural naquele Uno, que nada mais quer alcançar. Talvez seja preciso compreender ainda mais claramente a "missão" que se tem, ainda mais palpável, reconhecível em centenas de pormenores. Sinto muito bem o que Van Gogh deve ter sentido num determinado ponto, e sinto com força e grandeza: que tudo ainda está por fazer — tudo. Mas não consigo dedicar-me ao próximo, ou somente nos melhores momentos, enquanto que isso é justamente mais necessário naqueles piores. Van Gogh pôde fazer um *Intérieur d'Hôpital* e pintou nos dias de maior angústia os mais angustiantes objetos. Senão, como teria superado? A isso deve-se chegar e, sinto muito bem, não por pressão. Por conhecimento, por vontade, por não-poder-adiar, considerando o muito que deve ser feito. Ah, se não se tivesse lembranças do não-ter-trabalhado, que sempre fazem bem! Lembranças de descanso e relaxamento. Lembranças de horas de espera, folheando antigas imagens, lendo algum romance. Montanhas de lembranças que chegam até a infância. Perdidas zonas inteiras da vida, perdidas até mesmo para recontá-las, perdidas pela tentação que sempre pode surgir de seu ócio. Por quê? Se só tivéssemos lembranças de trabalho desde cedo, quão firme estaríamos sobre elas; estaríamos de pé. Mas assim cada momento afundamos lá dentro. Mas que, assim, também em um haja dois, isso é o pior. Às vezes passo por pequenas lojas, por exemplo, na rue de Seine: comerciantes de antiguidades, pequenos sebos ou vendedores de gravuras com vitrines muito, muito cheias; nunca ninguém entra ali, evidentemente não fazem negócios; mas olhamos para dentro, e eles ficam ali, sentados, lendo, despreocupados (e não são mesmo ricos); não se preocupam com o amanhã, não se atormentam com o êxito, têm um cão deitado diante deles, bem acomodado, ou um gato, que torna ainda maior o silêncio ao seu redor, esfregando-se pela fileira de livros, como se ele apagasse os nomes das lombadas.

Ah!, se isso bastasse: às vezes gostaria de comprar uma vitrine repleta de objetos e sentar atrás dela com um cão, por vinte anos. À noite haveria luz no quarto de trás, na frente tudo bem escuro, e nós três sentaríamos e comeríamos, lá atrás; notei, vendo da rua, que toda vez isso parece uma ceia, tão grande e solene através do espaço escuro. (Mas assim deve-se ter sempre todas as preocupações, as grandes e as pequenas...) Você sabe como entendo isso: sem lamentar. Também está bom assim e deve ficar ainda melhor...

A CLARA RILKE

Paris, 29, rue Cassette
9 de outubro de 1907

... hoje queria lhe contar um pouco sobre Cézanne. No que diz respeito ao trabalho, ele afirmou que teria vivido como boêmio até os quarenta anos. Só então, ao conhecer Pissaro, teria surgido nele o gosto pelo trabalho. Mas com tamanha intensidade, que só fez trabalhar nos posteriores trinta anos de sua vida. Na verdade sem alegria, como parece, em constante fúria, discordando de cada um de seus trabalhos, nenhum deles parecendo-lhe alcançar o que ele considerava o mais indispensável. Ele o chamava *la réalisation,* e o encontrava nos venezianos que antes vira no Louvre, e vira de novo, e reconhecera incondicionalmente. O que era convincente, a coisificação, a realidade elevada até o indestrutível através de sua própria vivência do objeto, isso foi o que parecia ser a intenção de seu mais íntimo trabalho; velho, doente, toda noite, consumido pelo trabalho cotidiano constante, até desfalecer (tanto, que muitas vezes ia dormir às seis, ao escurecer, depois de um lanche tomado insensatamente), bravo, desconfiado, sempre ridicularizado a caminho de seu ateliê, escarnecido, maltratado mas festejando o domingo, ouvindo a missa e as vésperas como quando criança, e exigindo de Madame Brémond, sua governanta, muito educadamente, uma comida melhor: talvez esperasse a cada dia alcançar o êxito, que ele encarava como a única coisa essencial. Com isso havia dificultado seu trabalho com a maior teimosia (caso se possa acreditar no informante de todos esses fatos, um pintor não muito simpático, que manteve contato com todos por um tempo). Perseverando escrupulosamente diante do objeto na paisagem ou como *nature morte,* ele o assimilava somente por desvios extremamente complicados. Começando pelo mais escuro colorido, ele cobriu o fundo escuro com uma camada de uma determinada cor de tinta que difere apenas um pouco da primeira, e assim por diante, cor sobre cor. Ampliando assim seu aspecto de tonalidade, ele aos poucos chegou a um outro elemento visual contrastante, no qual, partindo de um novo centro, procedeu então de forma semelhante. Imagino que os dois procedimentos, o de aceitar de forma contemplativa e segura e se apropriar e fazer uso pessoal do elemento adequado, nele se opunham, talvez em consequência de uma conscientização, de forma que eles ao mesmo tempo, por assim dizer, começavam a falar, a tomar a palavra um do outro continuamente, sempre se antagonizando.

E o velho suportou a discórdia entre eles, andava de um lado a outro em seu ateliê, que tinha uma luz inadequada porque o mestre de obras não considerou necessário ouvir o velho esquisito, que em Aix concordavam em não levar a sério. Ele andava pelo seu ateliê, onde se espalhavam por toda parte maçãs verdes, ou então sentava-se desesperado no jardim e permanecia sentado. E diante dele estava a pequena cidade, inocente, com sua catedral; a cidade para cidadãos decentes e modestos, enquanto ele se tornara diferente, como seu pai, que era chapeleiro, previra; um boêmio, como o pai o via e como ele mesmo acreditava ser. Esse pai, sabendo que boêmios vivem e morrem na miséria, se propôs a trabalhar pelo filho, tornou-se uma espécie de pequeno banqueiro, a quem as pessoas traziam seu dinheiro ("porque ele era honesto", como dizia Cézanne), e Cézanne agradecia sua precaução, para mais tarde ter o suficiente para poder pintar tranquilamente. Talvez ele tenha ido ao enterro desse pai; ele também amava sua mãe, mas quando foi enterrada ele não estava lá. Encontrava-se *sur le motif*[8], como dizia. Naquele tempo o trabalho era tão importante para ele que não suportava uma exceção, nem ao menos aquela que sua devoção e simplicidade com certeza lhe teriam recomendado.

 Tornou-se conhecido em Paris, aos poucos mais e mais. Mas, com relação aos progressos que não fazia (que os outros faziam, e ainda por cima, de que maneira...), ele só tinha desconfiança; por demais clara em sua memória estava a imagem equivocada de seu

---

8. Do francês: "Trabalhando diante do modelo".

destino e sua vontade, que Zola (seu conhecido desde a juventude e seu conterrâneo) traçara dele na *Œuvre*. Desde então ele *se fechou* para a "literatice": *"travailler sans le souci de personne et devenir fort..."*[9], gritava à sua visita. No meio da comida ele se levantou quando Zola falou de Frenhofer, o pintor que Balzac, com incrível previsão de evoluções futuras, inventou em sua novela *Chef d'œuvre inconnu*[10] (da qual lhe falei uma vez) e que Balzac, através da descoberta de que na verdade não há contornos, mas sim uma série de ligeiras mudanças de cor, faz com que pareça ser uma tarefa impossível. Isso percebendo, o velho levanta-se da mesa — apesar da presença de Madame Brémond, que com certeza não era favorável a tais irregularidades — e, sem voz de tão excitado, dirige o dedo repetida e claramente em sua própria direção e aponta para si, para si, para si, por mais doloroso que isso possa ter sido. Zola não entendera do que se tratava; Balzac pressentira que subitamente poderia ocorrer algo de tamanha grandeza ao se pintar algo com que ninguém conseguisse lidar.

Mas no dia seguinte, apesar disso, ele recomeçava o trabalho; levantava-se já às seis toda manhã, passava pela cidade rumo ao seu ateliê e ficava lá até as dez; depois voltava pelo mesmo caminho para almoçar, comia e novamente se punha a caminho, muitas vezes indo a um lugar distante meia hora do ateliê, *sur le motif*, rumo a um vale, diante do qual se erguia indescritivelmente a montanha de Sainte-Victoire, com todos os seus milhares de deveres. Lá ele ficava horas a fio, ocupado em encontrar e incluir os *plans* (sobre os quais ele estranhamente fala o tempo todo usando as mesmas palavras de Rodin). Em geral, Rodin em suas expressões. É assim quando reclama o quanto destroem e enfeiam diariamente sua velha cidade. Só que, onde o grande equilíbrio autoconsciente de Rodin conduz a uma constatação objetiva, acomete-o, ao velho doente e isolado, a fúria. À noite irrita-se, a caminho de casa, com

---

9. Do francês: "Trabalhar sem se preocupar com ninguém e tornar-se forte".

10. Ed. bras.: *A obra de arte ignorada*. São Paulo: Comunique, 2003.

uma mudança qualquer, tem um ataque de raiva e por fim promete a si mesmo, quando nota o quanto a irritação o esgota: quero ficar em casa; trabalhar, apenas trabalhar.

Por tais alterações negativas na pequena Aix, ele conclui indignado o que deve ocorrer em outros lugares. Quando uma vez se falou das condições atuais, da indústria e tudo o mais, ele desabafou "com olhos terríveis": *Ça va mal... C'est effrayant, la vie!*[11]

Há lá fora algo terrível e indeterminado tomando corpo; um pouco mais próximas uma indiferença e uma troça, e então subitamente esse velho em seu trabalho, que só pinta nus a partir de antigos desenhos feitos quarenta anos antes em Paris, sabe que Aix não lhe permitiria modelos. "Na minha idade", dizia ele, "eu poderia no máximo receber uma de cinquenta, e sei que nem mesmo uma tal pessoa poderia ser encontrada em Aix". E assim ele pinta a partir de antigos desenhos. E dispõe suas maçãs sobre colchas de que Madame Brémond certamente um dia sentirá falta, e coloca entre elas suas garrafas de vinho e tudo o que acha na hora. E faz de tais coisas (como Van Gogh) seus "santos"; e obriga-as, *obriga-as,* a serem bonitas, a significarem o mundo inteiro e toda a felicidade e toda magnificência, e não sei se ele conseguiu que elas fizessem tudo isso por ele. E fica no jardim como um velho cão, o cão desse trabalho que novamente o chama, o golpeia e o deixa passar fome. E apega-se em tudo a esse incompreensível senhor, que o deixa voltar apenas no domingo para o bom Deus, como se fosse o seu primeiro dono, por um tempo. E lá fora as pessoas dizem: "Cézanne", e os senhores em Paris escrevem seu nome com ênfase e orgulhosos de estarem bem informados.

Queria contar-lhe tudo isso; está relacionado a muita coisa ao nosso redor e conosco mesmo em centenas de passagens.

Lá fora chove em profusão, continua a chover. Até mais... Amanhã vou falar de mim novamente. Mas você saberá o quanto eu também falei hoje...

---

11. Do francês: "Está ruim... como a vida é assustadora!"

A CLARA RILKE

Paris, 29, rue Cassette
10 de outubro de 1907

... se não soubéssemos (e saberíamos cada vez mais) que somente a partir dos obstáculos surgem o movimento e a circulação rítmica de tudo aquilo que nos acontece, isto causaria muita confusão e intranquilidade: o fato de que você não vem ver o Salão de Outono (do qual me ocupei tanto) por causa de dinheiro, e que pela mesma razão eu provavelmente terei que desistir de minha viagem, embora intimamente, no sentimento de expectativa, ela ainda esteja intacta e seja iminente. Os honorários pelos quais eu esperava chegaram hoje pela manhã; mas é pouco mais da metade do que eu calculara, o que é ainda mais palpável, já que me decidira, e de certa forma me obrigara, antes que chegassem a adquirir o mais imprescindível de tudo, para não voltar a adiar, como já tantas vezes, aquisições realmente necessárias, até que elas não sejam mais possíveis... E assim, no início da próxima semana, veremos o que restou e quanto ainda poderemos empreender.

Nesse meio tempo vou ainda ao Salão de Cézanne, que você, depois do que escrevi ontem, talvez possa imaginar um pouco. Hoje voltei a ver determinados quadros por duas horas; sinto que de alguma forma isso me é útil. Se isso lhe seria elucidativo? Não sei dizer assim, de um só fôlego. Na verdade, em dois ou três bem escolhidos quadros de Cézanne podem-se ver todos os seus quadros, e com certeza em obra alguma, como na de Cassirer, poderíamos ter chegado tão longe em sua compreensão como agora vejo que avancei aqui em Cézanne. Mas é preciso muito, muito tempo para tudo. Quando me lembro como víamos com estranheza e insegurança as primeiras peças, ao estarem diante de nós junto com o nome recém-ouvido. E então por muito tempo, nada, e de repente temos os olhos certos... Teria quase preferido, caso você pudesse um dia estar aqui, conduzi-la para diante do *Déjeuner sur l'herbe,* diante da mulher nua sentada nos reflexos verdes do bosque frondoso, em que cada ponto é Manet, composto por uma indescritível possibilidade expressiva, que de repente, depois de tentativas e frustrações, surgiu, estava lá, aconteceu. Todos os recursos deram certo, diluídos no êxito: a impressão é que ali não existem. Ontem fiquei diante dele por muito tempo. Mas isso só vale para uma pessoa, um milagre a cada vez: somente para o santo a quem aquilo acontece. Cézanne, apesar disso, teve de recomeçar bem debaixo... Até a próxima vez...

A CLARA RILKE

Paris, 29, rue Cassette
11 de outubro de 1907

... nossos entusiasmos são realmente tão ingênuos: há algum tempo não posso passar o olho em nenhum jornal, em nenhum livro, sem ler a palavra *Venise;* no último instante ela se forma sob meus olhos, para onde quer que eu olhe. Ontem à noite, já escuro, no reflexo preto-violeta de toda a umidade, atravessava a Pont des Arts. Uma mulher, que aliás não parecia chegar por iniciativa própria a tais ideias, ao ver o rio com seus lampiões e linhas de luz foi levada a dizer ao seu acompanhante (que tampouco parecia adequado): *"Ça semble une fête venicienne".*[12] E assim vem acontecendo em alusão quase direta. E sempre: *Venise,* esse maravilhoso nome descorado, através do qual parece se desenhar um salto e que se mantém apenas como por milagre — correspondendo à existência atual daquele reino de forma tão estranha como antes *Venezia* correspondeu ao Estado forte, à sua ação, ao seu esplendor: às galeras, aos vidros, às rendas e imagens pródigas de tudo isso. Enquanto *Venedig* parecia cerimoniosa e pedante e somente válida para o breve e funesto tempo do domínio austríaco, um nome nos autos, triste e retinto, escrito maldosamente por burocratas em inúmeras pastas. (E naquele tempo se dizia ainda *Venediger,* em vez de *Venezianer*![13])

Acabei de ir a uma agência de viagens para saber se poderia obter uma passagem para Praga, via Veneza. Pois caso viaje com uma verba limitada, terei uma certa segurança no fato de já ter pago a viagem antecipadamente. Soube que poderia ter uma passagem dessas até Viena (o que já seria mesmo a parte principal da viagem;

---

12. Do francês: "Parece uma festa veneziana".
13. Rilke compara o topônimo Veneza em diversas línguas: Venise (em francês), Venezia (em italiano) e Venedig (em alemão); e por fim constata as duas formas em alemão para denominar o habitante daquela cidade: Venediger ou Venezianer.

é que é preciso passar por Viena para ir de Veneza direto para Praga). Recebi essa informação na pequena loja Cook sob os arcos, perto da Place de la Concorde; você também conhece. Mas foi maravilhoso chegar hoje ao Quais, vasto, ventando, frio. Ao leste, por trás da Notre-Dame e Saint-Germain l'Auxerrois, juntaram-se todos os últimos dias cinzentos, quase acabados, e diante de nós, acima das Tulherias, na direção do Arc de l'Étoile, havia algo aberto, claro, leve, como se saísse fora do mundo. Um choupo grande, em forma de leque, brincava esvoaçante diante do azul que em parte alguma repousa, diante dos esboços imperfeitos, exagerados, de uma amplidão que o bom Deus, sem qualquer conhecimento de perspectiva, expõe diante de Si.

Desde ontem parou aquele chuvisco monótono. Agora sopra o vento, o clima se transforma, e vez por outra há momentos de feliz desperdício. Ontem, pela primeira vez, quando vi novamente a pequena lua na noite madreperolada, entendi que ela intermediou a mudança e é sua responsável. Onde estarei quando ela, adulta e decisiva, der no céu outonal suas recepções?...

A CLARA RILKE

Paris, 29, rue Cassette
12 de outubro de 1907

... abrir caminhos agora está menos difícil do que na semana passada. Quanto poder tem uma pequena lua! São os dias em que tudo em torno de nós está luzidio, leve, quase nem sugeri no ar claro e ainda assim nítidos; o que segue tem os tons da distância, é retirado e apenas *mostrado,* não colocado normalmente, e o que se relaciona com a amplidão, o rio, as pontes, as longas ruas e os lugares pródigos, isso tudo essa amplidão tomou para si, detém junto a si, está pintado sobre ela, como se pintado sobre seda. Você sente assim o que pode ser um carro verde-claro passando na Pont-Neuf, ou um vermelho qualquer, que não pode se deter, ou simplesmente um cartaz colado na parede mestra de um grupo de casas pintadas de cinza-perolado. Tudo é simplificado, elaborado em alguns planos claros e corretos, como o rosto num quadro de Manet. E nada é pouco nem supérfluo. Os sebistas no cais abrem suas caixas, e o amarelo fresco ou antigo dos livros, o marrom-violeta dos volumes, o verde de uma pasta, tudo está certo, é válido, participa e ressoa na unidade das relações claras.

Recentemente pedi a Mathilde Vollmoeller[14] para visitar o Salão comigo, a fim de ver quais seriam minhas impressões estando ao lado de alguém que considero uma pessoa serena e que não se deixou desviar pela literatura. Ontem estivemos juntos lá. Cézanne não nos deixou fazer mais nada. Noto cada vez mais que tipo de acontecimento é esse. Mas imagine minha surpresa quando a senhorita V., muito escolada pictoricamente e contempladora, disse: "Ele sentou ali em frente como um cão e simplesmente olhou, sem qualquer nervosismo e intenção escusa". E ela disse ainda coisas muito boas em relação à sua forma de trabalho (que pode ser apreendida de um

---

14. Pintora que vivia em Paris.

quadro inacabado). "Aqui", disse ela, mostrando um local do quadro, "isto ele sabia fazer, e agora o diz (um lugar numa maçã); ao lado o espaço ainda está livre porque ele ainda não sabia. Ele só fez o que sabia, nada mais." "Que boa consciência ele deve ter tido", disse eu. "Ah!, sim: ele era feliz, muito intimamente, em algum lugar..." E então comparamos quadros que ele deve ter feito em Paris, ao se relacionar com outros, com os seus mais autênticos quadros, no aspecto da cor. Nos primeiros a cor era algo por si; mais tarde ele a usa de alguma forma, pessoalmente, como nenhum outro a usou, apenas para fazer dela o objeto. A cor caminha inteiramente para a sua concretização; nada resta. E a senhorita V. disse, muito significativamente: "É como se colocássemos numa balança: objeto aqui, e lá a cor; nunca mais, nunca menos do que exige o equilíbrio. Isso pode ser muito ou pouco: depende, mas é exatamente o que corresponde ao objeto." Eu não teria pensado nisso; mas é absolutamente correto e elucidativo em relação aos quadros. Também muito me chamou a atenção ontem como eles são diversos em sua falta de estilo, o fato de não possuírem uma preocupação com originalidade, de estarem seguros de não se perderem a cada aproximação com a natureza em suas milhares de formas; mais do que isso, descobrir séria e conscienciosamente, pela variedade de fora, a inesgotabilidade interna. Tudo isso é muito bonito... Ontem à noite recebi uma carta muito simpática da irmã do *signor* Romanelli, de Veneza, dizendo que eu poderia alugar a qualquer tempo um quarto muito bonito em sua casa, Fondamenta Zattere (o cais mais extremo fora do Canal Grande, atrás da Dogana al Mare, se você se lembra, e da Salute), voltado para o sul, por seis a sete francos a diária (e além disso vegetariana!). Portanto, isso também deu certo. Agora o bom Deus precisa dizer-me logo o que quer e o que posso fazer. A decisão agora é Dele...

A CLARA RILKE

Paris, 29, rue Cassette
13 de outubro de 1907

... novamente a mesma chuva que tantas vezes já lhe descrevi; como se o céu tivesse erguido o seu olhar e clareado, só por um instante, para logo em seguida continuar suas leituras das simétricas linhas de chuva. Mas não se esquece tão facilmente que por baixo da camada opaca estão essa luz e essa profundidade que vimos ontem: agora pelo menos sabemos.

Logo pela manhã li sobre o seu outono, e todas as cores que você trouxera para a carta voltaram a se transformar no interior do meu sentimento e preencheram totalmente minha consciência com força e irradiação. Enquanto eu ontem admirava o claro outono que se desfazia, você caminhava por aquele outro, natal, pintado sobre madeira vermelha, assim como este aqui é pintado sobre seda. E um e outro se aproximam de nós; estamos profundamente colocados no fundo de toda transformação, nós, os mais mutáveis, que vagamos com uma tendência a tudo entender e (na medida em que de fato não compreendemos) que transformamos o desmedido em ações de nosso coração, a fim de que ele não nos destrua. Se eu fosse até vocês, então certamente também veria a pompa de pântano e charneca, veria de novo e diversamente o verde-claro suspenso dos pedaços de gramado e as bétulas; essa transformação, como um dia já a experimentei e compartilhei, originou uma parte do *Livro das horas*; mas naquele tempo a natureza para mim ainda era um motivo geral, uma evocação, um instrumento, em cujas cordas minhas mãos se reencontraram. Eu ainda não estava diante dela. Deixei-me arrebatar pela alma que dela emanava; ela tomou-me com sua amplidão, com sua grande e exagerada existência, assim como o espírito da profecia assaltou Saul: exatamente assim. Avançava eu por ela e via — não via a natureza — mas os rostos que ela me inspirava. Quão pouco eu saberia aprender naquele tempo diante de um quadro de Cézanne, de um quadro de Van Gogh. De tanto que Cézanne agora me ocupa, noto em que medida me modifiquei. Estou a caminho de me tornar um trabalhador, talvez num longo caminho e provavelmente na primeira pedra miliária; mas apesar disso bem que posso entender o velho, que andou em algum lugar bem à frente, sozinho, e atrás dele, só crianças que jogam pedras (como um dia descrevi no fragmento do *Solitário*[15]). Hoje voltei aos seus quadros: é notável o ambiente que compõem. Sem observar um único quadro e estando entre as duas salas, sente-se a sua presença reunir-se a uma realidade colossal. Como se essas cores nos tirassem, de uma vez por todas, a indecisão. O escrúpulo desse vermelho, desse azul, sua veracidade simples nos educa; e, quando nos mostramos tão dispostos quanto possível entre eles, então é como se fizessem algo para nós. Nota-se também, cada vez melhor, como foi necessário também ultrapassar o amor; é natural que amemos cada uma dessas coisas, quando nós as fazemos: mas se mostrarmos o amor nós fazemos pior; *julgamos*, em vez de *dizer*. Deixamos de ser imparciais; e o melhor, o amor, permanece fora do trabalho, não entra nele, fica intacto ao seu lado: assim surgiu a pintura emocional (que em nada é melhor do que a pintura material). Pintava-se: amo isso aqui; em vez de pintar: aqui está. Embora cada um deva ver por si mesmo se o pintor o amava. Isso não é absolutamente mostrado, alguns chegarão até a afirmar que ali o assunto não seria o amor. Assim, sem resíduos, ele é consumido na ação do fazer. Esse consumo do amor em trabalho anônimo, de onde surgem coisas tão puras, talvez ainda não tenha sucedido a ninguém como ao velho; sua natureza interior, agora desconfiada e rabugenta, apoiou-o nisso. Com certeza Cézanne não teria mostrado a mais ninguém o seu amor tivesse ele tido de agarrar um amor; mas com essa disposição, desenvolvida por meio de sua desagregada esquisitice, ele se voltou então para a

---

15. Inédito de Rilke.

natureza e soube reprimir seu amor por cada maçã, e acomodá-lo para sempre na maçã pintada. Você pode imaginar isso e como se vivencia isso nele? Tenho da editora Insel as primeiras correções. Nos poemas há rudimentos instintivos de objetividade semelhante. Vou deixar a *Gazela* como está: ela está boa. Até breve...

A CLARA RILKE

Paris, 29, rue Cassette
15 de outubro de 1907

...e agora, além de tudo, imagine ainda desenhos de Rodin; pois eles foram esperados no Salão de Outono, no catálogo há uma página que os anuncia; mas a sala que inicialmente parecia reservada para eles há muito está ocupada com produtos de segunda categoria. E hoje de repente leio nos grandes bulevares: eles estão, mais de uma centena e meia, com a Bernheim-Jeune. Você pode imaginar que desisti de tudo e fui encontrar Bernheim. Lá estavam realmente os desenhos, muitas folhas que eu conhecia, que ajudei a enquadrar nas baratas molduras ouro e branco, que naquele tempo foram encomendadas em enorme quantidade. Que eu conhecia: sim; eu os conhecia? Como me pareceram diferentes (por causa de Cézanne? Do tempo?) do que escrevi há dois meses sobre eles. Esse texto valia ainda em alguma medida; mas como sempre, quando incorro no erro de escrever sobre arte, valia mais como um juízo provisório, pessoal, do que como um fato, retirado objetivamente da existência dos desenhos. Sua interpretação e o fato de poder interpretá-los me incomodava, limitava-me, ao passo que em outros momentos pareceu oferecer-me considerável abertura. Eu os teria desejado tanto, sem qualquer explicação, mais discretamente, mais efetivamente, sozinhos consigo mesmos. Admirei alguns de uma nova maneira, rejeitei outros que pareciam reluzir nos reflexos de sua exegese; até que cheguei àqueles que ainda não conhecia. Eram talvez dez ou quinze novas folhas que descobri entre as outras, dispersas, todas do tempo em que Rodin acompanhou em viagem as dançarinas do rei Sisowath, a fim de admirá-las melhor e mais longamente. (Você se lembra que lemos a respeito?) Lá estavam elas, essas pequenas e graciosas dançarinas, como gazelas metamorfoseadas: os dois longos e esbeltos braços, como se feitos de uma só peça, passando pelos ombros, pelo torso esbelto e maciço (com a elegância arredondada das imagens de Buda), como se saíssem de uma única peça forjada até aproximar-se dos pulsos, sobre os quais as mãos apareciam como atores, móveis e autônomos em sua ação. E que mãos: mãos de Buda, que sabem dormir, que depois de tudo repousam elegantes, dedos lado a lado, a fim de permanecer durante séculos à margem de colos, deitadas, com as costas para baixo, ou flexionadas no pulso, suplicando por um silêncio infinito. Essas mãos despertas: imagine. Esses dedos estendidos, abertos, em forma de raios ou pelo menos curvos como numa rosa de Jericó. Esses dedos encantados e felizes ou medrosos bem no final dos longos braços: *dançando*. E todo o corpo empregado para manter essa dança extrema equilibrada no ar, na atmosfera do próprio corpo, no ouro de um ambiente oriental. Quase com refinamento Rodin novamente soube tirar proveito de cada acaso; um papel vegetal marrom fino e transparente, que, ao ser puxado, forma pequenas dobras poligonais, que evocam a escrita persa. E a matização sobre ele, com um rosa esmaltado, com um azul cerrado, como se feito de deliciosas miniaturas, e mesmo assim, como sempre em seus desenhos, bem primitiva. Flores, imagina-se; folhas de herbário, nas quais se conserva o mais involuntário gesto de uma flor, que através da secagem se torna cada vez mais definitivo e preciso. Flores secas. Claro que li, logo depois de pensar isso, em algum lugar de sua feliz escrita: *Fleurs humaines*. Pena que ele não nos deixe avançar tanto no pensamento: é mesmo evidente. E, sim, voltou a me tocar o fato de que o tenha entendido logo, tão literalmente, como tantas vezes. Até amanhã...

A CLARA RILKE

Paris, 29, rue Cassette
17 de outubro de 1907

... chuva e chuva, ontem continuamente, e justo agora ela recomeça. Se olharmos para a frente, diríamos que vai nevar. Mas hoje à noite despertei com o luar num canto, sobre os meus livros; uma mancha que não brilhava, mas cobria o lugar em que estava com seu branco de alumínio. E o quarto ficou cheio de noite fria em todos os cantos; adivinhava-se, da cama, que ela também estaria sob o armário, atrás da cômoda e ao redor das coisas sem espaço intermediário, em torno dos candelabros de latão, que pareciam muito frios. Mas a manhã, clara. Um amplo vento leste, que penetra com toda a força na cidade, já que a encontra tão espaçosa. Em frente, mais a oeste, empurrados, expulsos pelo vento, arquipélagos de nuvens, grupos de ilhas, cinzentas como as penas do pescoço e o peito de pássaros aquáticos num oceano quase azul frio, de bem-aventurança demais distante. E sob tudo isso, baixa, sempre está a Place de la Concorde e as árvores da Champs--Élysées, sombrosas, de um preto transformado em simples verde, sob as nuvens ocidentais. À direita, casas claras, tocadas pelo sol, e bem ao fundo, no cinza azul-pombinho, mais casas, enfileiradas, com superfícies talhadas num ângulo reto como pedras numa pedreira. E de repente, quando se chega nas proximidades do obelisco (em torno de cujo granito sempre cintila um calor um pouco louro e antigo, enquanto que em suas cavidades de hieróglifos, na coruja que sempre volta a aparecer, conserva--se o azul-sombra do Egito antigo, ressecado como se estivesse em conchas de cores), assim flui em nossa direção, num declive quase imperceptível, a maravilhosa avenida, rápida e rica e como um rio largo, que outrora, com sua própria violência, rompeu os rochedos do Arco do Triunfo, criando o portal, lá atrás, na praça Étoile. E tudo isso está ali com a generosidade de uma paisagem natural, abrindo espaço. E nos telhados, aqui e ali, mantêm-se as bandeiras sempre mais para cima, nas alturas, esticam-se, batem asas, como se voassem; aqui e ali. Assim foi hoje o caminho até os desenhos de Rodin. Mr. Bernheim mostrou-me em seu depósito os Van Goghs. O *Café noturno,* sobre o qual já escrevi: seu despertar artificial no vermelho-vinho, no amarelo de suas luzes, o verde profundo e o bem claro, com seus três espelhos, cada um deles contendo um outro vazio — mas ainda haveria tanto a dizer. Um parque ou caminho do jardim público em Arles, com pessoas de preto à direita e à esquerda sentadas em bancos, um leitor de jornal azul em primeiro plano e uma mulher lilás atrás, embaixo e no meio do verde das árvores e arbustos pintados em traços grosseiros. Um retrato de homem sobre um fundo composto por uma espécie de trançado de cana fresca (amarelo ou verde amarelado) — mas que para quem se afasta se simplifica numa claridade uniforme —: um homem mais velho com bigode bem cortado, grisalho, os cabelos também curtos, faces cavadas sob o crânio largo. Tudo isso em preto e branco, rosa, num úmido azul-escuro e com um branco-azulado cobrindo — com exceção dos grandes olhos castanhos. E finalmente uma das paisagens como as que ele sempre abandonava e recomeçava: um pôr do sol, amarelo ou vermelho-alaranjado, rodeado de seu brilho de fragmentos amarelos, redondos; um azul, azul, azul, pleno de revolta e em oposição a ele; a encosta de colinas arqueadas, separadas do crepúsculo por um risco de ondulações tranquilizadoras (um rio?), que mostra transparente, num escuro dourado antigo, no inclinado terço anterior do quadro, um campo e feixes amarrados e aprumados. E, agora, os Rodins novamente.

 Nesse momento, só chuva, chuva: tão explícita e tão ruidosa como no campo; não se ouvem outros sons aqui. A borda arredondada do muro do jardim do mosteiro está cheia de musgo e tem pontos de um verde bem brilhante, como nunca o vi antes. Adeus, por hoje...

A CLARA RILKE

Paris, 29, rue Cassette
18 de outubro de 1907

... você devia saber, enquanto me escrevia, como me faria bem aquela ideia que surgiu, involuntariamente, de comparar as folhas azuis a partir de minhas experiências com Cézanne. O que você diz agora e constata de coração, eu supunha de alguma forma, ainda que não soubesse indicar até que ponto já se realizou em mim essa evolução que corresponde a um imenso progresso nas pinturas de Cézanne. Só estava convencido de que há motivos pessoais e íntimos que me fazem mais contemplativo diante de quadros pelos quais talvez tivesse passado ao largo, com momentâneo interesse, sem voltar a eles com maior curiosidade e expectativa. Não é absolutamente a pintura que estudo (pois apesar de tudo fico inseguro diante dos quadros e só com dificuldade aprendo a diferenciar bons e menos bons, e sempre confundo quadros pintados há tempos com os mais recentes). Nessa pintura percebi uma virada, porque eu mesmo a tivera em meu trabalho ou de alguma forma me aproximara dela, e provavelmente há muito me preparara para esse momento, do qual tanta coisa depende. Por isso preciso tomar cuidado com a tentativa de escrever sobre Cézanne, o que evidentemente é muito atraente para mim. Não é *aquele* (e finalmente tenho de admitir) que compreende quadros de um ponto de vista tão pessoal que tem o direito de escrever sobre eles; quem tranquilamente soubesse afirmá-los em sua existência, sem ver neles um maior e mais diverso número de vivências factuais, certamente daria mais conta deles. Mas na minha vida esse contato inesperado, do modo como veio e tomou seu lugar, tem sua plena ratificação e referência. De novo, um pobre. E que progresso na pobreza desde Verlaine (caso Verlaine já não tenha sido uma reincidência), Verlaine que escreveu em *Meu Testamento*: "*Je ne donne rien aux pauvres parce que je suis un pauvre moi-même*"[16], e em quase toda sua obra havia essa não

---

16. "Não dou nada aos pobres porque eu mesmo sou um deles."

doação, essa amarga exposição de mãos vazias para a qual Cézanne não teve tempo nos últimos trinta anos de sua vida. Quando deveria ele ter mostrado suas mãos? Olhares maldosos evidentemente as encontravam sempre que estava fora de casa, e descobriam impudicamente sua pobreza; mas a partir da obra apenas descobrimos com que intensidade e veracidade o trabalho nelas residia, até o fim. Esse trabalho, que não tinha mais predileções, inclinações nem mimos arbitrários, cujo componente mínimo fora submetido à prova de uma consciência infinitamente móvel e que concentrou no seu conteúdo cromático um ente tão incorruptível, a ponto de iniciar uma nova existência, sem lembranças anteriores, em algum elemento para além da cor. É essa objetividade ilimitada, que rejeita toda intromissão numa unidade desconhecida, que provoca nas pessoas, frente aos retratos de Cézanne, uma sensação de indecência e estranheza. Elas aceitam, sem entender, que ele reproduziu maçãs, cebolas e laranjas só com a cor (que poderia lhes parecer ainda um recurso inferior da prática pictórica), enquanto que na paisagem lhes falta a interpretação, o julgamento, a superioridade. No que diz respeito ao retrato, até as pessoas mais burguesas possíveis reproduziram o boato de uma concepção espiritual, e com tanto êxito, que coisa semelhante pode ser notada até nas fotografias domingueiras de noivos e de famílias. E nesse sentido naturalmente Cézanne lhes parece totalmente inacessível e sem possibilidade de discussão. Na verdade, nesse Salão ele está tão só quanto esteve na vida, e até os pintores, os jovens pintores, passam mais rapidamente por ele porque veem os *marchands* ao seu lado... Um bom domingo para vocês duas...

A CLARA RILKE

Paris, 29, rue Cassette
19 de outubro de 1907

Você certamente se lembra..., nos *Cadernos de Malte Laurids*, a passagem que trata de Baudelaire e de seu poema *La Charogne*. Fui obrigado a pensar que sem esse poema não teria sido possível iniciar toda a evolução para a linguagem objetiva que agora cremos reconhecer em Cézanne; ele primeiro teve de existir em sua inexorabilidade. Primeiro a contemplação artística teve de superar-se tanto, e também ver o ente naquilo que é terrível e aparentemente apenas repugnante, ente que, como qualquer outro, *é válido*. Por mais que lhe seja vedada uma escolha, é igualmente vedado ao criador desviar-se de uma existência qualquer: uma única recusa em algum momento expulsa-o do estado de misericórdia, torna-o absolutamente pecador. Flaubert, quando narrou a lenda de São Julião, o Hospitaleiro, com tão extrema cautela, deu-lhe essa autenticidade simples em meio ao maravilhoso, porque o artista dentro de si também compartilhou as resoluções do santo, aprovou-as e aplaudiu-as de bom grado. Esse colocar-se-ao-lado-dos-leprosos e compartilhar todo-calor-próprio, chegando ao coração inflamado das noites de amor, tudo isso tem de ser parte da vida do artista, como superação para sua nova bem-aventurança. Você pode imaginar como fico tocado ao ler que Cézanne sabia de cor, ainda em seus últimos anos, justamente esse poema, *La Charogne,* de Baudelaire, e recitava-o palavra por palavra. Com certeza seria possível encontrar, entre os seus trabalhos mais antigos, aqueles nos quais ele se superou violentamente, encaminhando-se para a possibilidade mais extrema de amar. Por trás dessa entrega, começa, primeiramente aos poucos, a santidade: a vida simples de um amor que existiu, que, sem nunca vangloriar-se disso, dirige-se a tudo, desacompanhado, discreto, mudo. O verdadeiro trabalho, a plenitude das tarefas, só começa depois de superada essa prova, e quem não pôde chegar até lá verá no céu a Virgem Maria, alguns santos e pequenos profetas, o rei Saul e Carlos, o Temerário; mas de Hokusai e Leonardo, de Li-Tai-Pe e Villon, de Verhaeren, Rodin, Cézanne, incluindo o bom Deus, ele só poderá, lá em cima, ouvir falar.

E de pronto (e pela primeira vez) entendo o destino de Malte Laurids. Não seria o fato de que essa prova era muito grande que ele na realidade não a superou, embora estivesse convencido da ideia de sua necessidade, tanto que a procurou instintivamente até que ela se agarrou a ele, não mais abandonando-o? O livro de Malte Laurids, se um dia for escrito, não será mais do que o livro dessa percepção, manifestado em alguém que não estava à sua altura. Talvez até tenha *passado* na prova: pois escreveu a morte do criado; mas, como um Raskolnikov, ele, consumido pelo seu ato, não foi adiante, parando de agir no momento em que a ação deveria estar começando, de forma que a liberdade recentemente conquistada se voltou contra ele e dilacerou-o, o indefeso.

Ah!, contamos os anos, aqui e ali construímos etapas, terminamos, começamos e hesitamos entre os dois. Mas quanto tudo aquilo que nos chega é feito de uma só peça, quanto cada coisa é ligada à outra, fecunda-se e vai crescendo e é educada para ser ela mesma, e no fundo só temos de *existir,* de maneira simples, mas perseverante, assim como a terra existe, aprovando as estações, clara, escura e inteira no espaço, sem desejar pousar em outra rede que não na mesma rede de influências e forças, na qual as estrelas se sentem seguras.

Mas um dia será preciso também haver o tempo, a serenidade e a paciência para continuar a escrever os *Cadernos de Malte Laurids;* agora sei muito mais sobre ele, ou melhor: saberei, quando for necessário...

A FRANZ XAVER KAPPUS

Paris, 26 de dezembro de 1908

Deve saber, caro senhor Kappus, como me alegrei em receber essa sua bela carta. As notícias que me dá, reais e exprimíveis, como de fato são, parecem-me boas, e quanto mais pensava nelas, tanto mais as sentia como verdadeiramente boas. Era o que queria escrever-lhe na noite de Natal; mas além do trabalho múltiplo e ininterrupto, no qual vivo mergulhado neste inverno, a velha festa chegou tão rapidamente que quase não tive mais tempo de fazer os preparativos principais ou mais importantes, muito menos de escrever.

Mas pensei frequentemente no senhor nestes dias de festa e imaginei o quanto deve estar tranquilo em seu solitário forte entre as montanhas vazias, sobre as quais se precipitam aqueles grandes ventos do sul, como se quisessem engoli-las aos pedaços.

Deve ser imenso o silêncio no qual têm espaço tais ruídos e movimentos, e se pensarmos que além de tudo ainda há a presença do mar distante que ressoa, talvez como o som mais íntimo nessa harmonia pré-histórica, só nos resta desejar-lhe que trabalhe em si mesmo, confiante e paciente, essa magnífica solidão, que não mais poderá ser riscada de sua vida; que, em tudo que o senhor ainda há de vivenciar e fazer, trabalhará como uma influência anônima e irá agir com silêncio decisivo, como, por exemplo, em nós se move continuamente o sangue dos antepassados e se junta ao nosso próprio para compor essa coisa única, irrepetível, que somos a cada mudança em nossa vida.

Sim: alegro-me que tenha consigo essa existência firme, dizível, esse título, esse uniforme, esse serviço, tudo isso, palpável e limitado, que em tais ambientes, com uma equipe igualmente isolada e não numerosa, assume seriedade e necessidade, significa, além do elemento lúdico e do passar do tempo da profissão militar, e uma atenta intervenção e não apenas permite uma atenção autônoma, mas justamente educa. E estar em situações que nos modificam, que de tempos em tempos nos colocam diante de grandes coisas naturais, isso é tudo o que faz falta.

Também a arte é apenas uma forma de viver, e é possível preparar-se para ela, vivendo de alguma forma e sem sabê-lo; em toda realidade se está mais próximo e vizinho a ela do que nas profissões irreais e semiartísticas que, ao simular uma proximidade da arte, praticamente negam e atacam a existência de toda arte, como faz, por exemplo, o jornalismo e quase toda a crítica e três quartos daquilo que tem o nome de e quer chamar-se literatura. Alegro-me, em suma, que tenha superado esse perigo e viva, solitário e corajoso, em algum lugar dentro de uma realidade dura. Que o ano que se inicia o mantenha dentro dessa realidade e o fortaleça.

Sempre seu

R. M. Rilke

Anexos

ns Buddenbrooks, de Thomas Mann[17]
(1902)

Será absolutamente necessário anotar esse nome. Com um romance de 1.100 páginas, Thomas Mann deu uma prova de força de trabalho e capacidade, os quais não é possível ignorar. Sua intenção era escrever a história de uma família que entra em declínio, a "decadência de uma família". Há poucos anos um escritor moderno se daria por satisfeito em mostrar o último estágio dessa decadência, em mostrar o último que morre por conta de si mesmo e de seus antecessores. Thomas Mann achou injusto comprimir, num capítulo final, a catástrofe para a qual, na verdade, as gerações há anos contribuem, e conscienciosamente começou onde a família alcançou seu mais alto nível de felicidade. Ele sabe que por trás desse ápice deve necessariamente começar a descida; primeiramente num declive que mal se nota, então cada vez mais bruscamente, e por fim numa queda vertiginosa para o nada.

Portanto, ele se viu diante da necessidade de contar a vida de quatro gerações, e a maneira como Thomas Mann solucionou essa tarefa pouco usual é tão surpreendente e interessante que os dois pesados volumes são lidos página por página, com atenção e expectativa, sem fadiga, sem deixar de ler algo, sem o menor sinal de impaciência ou pressa.

---

17. Extraído de: *Kritik in der Zeit: Fortschrittliche Literaturkritik*, 1890-1918, Manfred Diersch (org.). Leipzig/ Halle: Mitteldeutscher, 1985, pp. 242-45; originalmente publicado em: *Bremer Tageblatt und Generalanzeiger*, ano 6, n. 88, em 16 de abril de 1902.

Tempo, é preciso tempo para a sequência tranquila e natural desses acontecimentos; justamente porque no livro nada parece existir para o leitor, porque em parte alguma, para além dos acontecimentos, um escritor superior se inclina para o leitor superior a fim de convencê-lo e atraí-lo — justamente por isso se entra tanto no assunto e se participa quase pessoalmente, como se, em alguma gaveta secreta, se houvesse encontrado velhos documentos e cartas de família, em cuja leitura aos poucos se avança, até chegar à beira das próprias lembranças.

Thomas Mann sentiu corretamente que, para contar a história dos Buddenbrooks, deveria tornar-se cronista, quer dizer, um relator calmo e impassível dos acontecimentos, e que apesar disso seria preciso ser escritor e moldar as muitas figuras com uma vida convincente, com calor e substância. Ele uniu os dois de uma maneira absolutamente feliz, à medida que compreendeu de forma moderna o papel do cronista e se esforçou não em registrar alguns fatos notáveis, mas em mencionar conscientemente tudo o que parece desimportante e menor, milhares de particularidades e detalhes, porque, afinal de contas, tudo o que é fato tem o seu valor e é uma parte minúscula daquela vida que ele se propôs descrever.

E dessa maneira, com calorosa submersão em cada um dos acontecimentos, com uma grande justiça perante tudo o que sucede, ele alcança uma vivacidade da representação que reside, nem tanto na matéria, mas antes na contínua materialização de todas as coisas. Aqui se transferiu algo da técnica de Segantini[18] para o outro campo: o tratamento pormenorizado e equivalente de cada ponto; a elaboração do material que faz com que apareça tudo o que é importante e essencial; a superfície atravessada por centenas de sulcos, que ao espectador parece uniforme e animada de dentro para fora; e por fim o aspecto objetivo, a maneira épica da exposição, que preenche até mesmo o que é cruel e aflitivo com uma certa necessidade e regularidade.

---

18. Giovanni Segantini (1858-1899), pintor italiano destacado como simbolista.

Essa história da velha estirpe de patrícios de Lübeck, os Buddenbrooks (firma Johann Buddenbrooks), que se inicia por volta de 1830 com o velho Johann Buddenbrooks, termina em nossos dias com o pequeno Hanno, seu bisneto. Ela abrange festas e reuniões, batizados e óbitos (óbitos particularmente difíceis e terríveis), casamentos e separações, grandes sucessos comerciais e os desalmados golpes constantes do declínio, típicos da vida de comerciantes. Ela mostra o trabalho tranquilo e ingênuo de uma geração mais velha, e a pressa nervosa, auto-observadora, dos descendentes; mostra pessoas pequenas e ridículas, que nas redes emaranhadas dos destinos se movimentam bruscamente, e revela que também aqueles que enxergam um pouco mais além não são senhores da felicidade ou da desgraça, e que ambas surgem sempre de centenas de pequenos movimentos, quase impessoais e anônimas originalmente, e se expandem e recuam, enquanto a vida continua como uma onda. Observa-se de forma refinada como a decadência da família se mostra, sobretudo, no fato de que as pessoas mudaram sua direção de vida, que não lhes é mais natural viver para fora, que se faz notar cada vez mais nitidamente uma virada para dentro.

O senador Thomas Buddenbrooks tem de se esforçar para satisfazer sua ambição; no seu irmão Christian, no entanto, essa renúncia à vida externa levou a uma auto-observação perigosa e patológica, que se estende a estados físicos internos e o arruina com sua torturante inexorabilidade. Também o último Buddenbrooks, o pequeno Hanno, anda com o olhar voltado para dentro, espreitando atentamente o mundo anímico interno, de onde flui a sua música. Com ele houve mais uma vez a possibilidade de ascensão (claro que de outra ascensão, diferente da pretendida pelos Buddenbrooks): a possibilidade, infinitamente arriscada, de uma grande existência como artista, que não se realiza. O garoto doente definha com a banalidade e a falta de consideração da escola, e morre de tifo.

Sua vida, um dia dessa vida, ocupa um espaço maior no segundo volume. E por mais cruel que o destino trate esse garoto, aqui também ouvimos apenas o excelente cronista, que traz milhares de fatos sem se deixar levar pela ira ou adesão.

E além do trabalho colossal e do olhar poético, é preciso elogiar essa nobre objetividade; é um livro sem qualquer arrogância do escritor. Um ato de respeito diante da vida, que é boa e justa, à medida que acontece.

Prefácio às *Cartas ao jovem poeta*[19]
Berlim, junho de 1929

Era 1902, fim de outono. Sentado sob os velhíssimos castanheiros do parque da Academia Militar, em Viena-Neustadt, eu lia um livro. Estava tão profundamente mergulhado na minha leitura que quase não percebi a chegada do único professor nosso que não era oficial, o erudito e capelão Horacek. Ele pegou o livro, examinou a capa, balançou a cabeça...
— Poemas de Rainer Maria Rilke? — disse, pensativo.
Ele abriu o livro, folheou-o, percorreu alguns versos e, olhar vago e sonhador, sacudiu a cabeça novamente:
— Então o aluno René Rilke se tornou poeta...
E aí ele me fez conhecer o rapaz magro e pálido que seus pais, querendo fazê-lo militar, haviam mandado mais de quinze anos antes à Escola Militar de St. Pölten. Naquela época, Horacek exercia o cargo de capelão e havia guardado uma lembrança muito simpática daquele seu aluno. Descreveu-me um adolescente calado e sério, muito talentoso, que gostava de ficar sozinho e suportava com paciência os constrangimentos de uma vida em colégio interno. No fim de seu quarto ano de estudos ele passou, com os colegas, para a Escola Militar Superior, em Mährisch-Weisskirchen. Mas ali sua constituição física se evidenciou muito fraca; seus pais então o retiraram do instituto e o levaram para perto deles em Praga, para que prosseguisse os estudos. Que carreira teria seguido depois disso? Horacek não sabia.

---

19. Extraído de: "Lettres à un jeune poète", de Rainer Maria Rilke, em versão francesa de Gustave Roud, Lausanne: Mermod, 1947, pp. 21-24.

Será fácil compreender que depois dessa conversa eu tomei a decisão imediata de enviar minhas tentativas poéticas a Rainer Maria Rilke, pedindo-lhe que me dissesse o que pensava. Eu ainda não tinha vinte anos e, chegando ao limiar de uma carreira que eu sentia muito oposta às minhas inclinações, esperava encontrar a compreensão do poeta de *Mir zur Feier*. E, sem que eu o quisesse propriamente, lá estava escrita uma carta para acompanhar meus versos, na qual eu me abria sem reservas, o que até então nunca me havia acontecido.

Algumas semanas passaram até chegar uma resposta. A carta lacrada com cera azul trazia o selo de Paris; era pesada, e a escrita do endereço tinha a mesma clareza, a mesma beleza, a mesma segurança em que estava traçada a carta, da primeira à última linha. Esse foi o início de minha correspondência com Rilke. Ela durou até 1908, espaçando-se cada vez mais, a vida me empurrando para regiões de onde a solicitude calorosa, comovente e terna do poeta quisera ver-me distante.

Mas tudo isso não tem importância. Importam as dez cartas que serão lidas aqui para se conhecer esse universo em que Rilke viveu sua vida de criador. E também para o bem dos jovens de hoje — e de amanhã —, em sua fase de crença e formação. E quando um dos grandes, daqueles que só aparecem uma vez, toma a palavra, convém que os outros se calem.

Franz Xaver Kappus

ESTE LIVRO FOI COMPOSTO EM ADOBE GARAMOND
PRO 11 POR 13,4 E IMPRESSO SOBRE PAPEL OFFSET
75 g/m² NAS OFICINAS DA RETTEC ARTES GRÁFICAS
E EDITORA, SÃO PAULO – SP, EM ABRIL DE 2021